Levent Kesik

Alis vs. Aliens

2. Auflage,

... jetzt mit der ganzen Wahrheit.

Levent Kesik
Lockertstraße 27
47441 Moers, Germany
Levent.Kesik@web.de
ISBN 978-3-946877-00-4

„Gewidmet den Träumern, die die Welt gegen jeden Widerstand und selbstlos jeden Tag ein bisschen besser machen!"

Vorwort

Waren die Amerikaner auf dem Mond? Ja, na klar waren sie! Waren sie denn auch die Ersten? Nein, waren sie nicht ...! Was? Waren sie nicht? Aus absolut unzuverlässigen Quellen wissen wir heute, dass die Amerikaner nicht die Ersten auf dem Mond waren. Wie bitte, sie waren nicht die Ersten? Wer denn dann sonst, die Inkas? Die Finnen oder was? Nein, es waren ... Ach, lest einfach die ebenso unglaubliche wie unbekannte Geschichte der beiden Cousins Ali Raif und Barbaros Ali aus Duisburg.

Ja, ihr habt richtig gelesen, Duisburg und nicht New York oder San Francisco. Ach ja, unangenehme Außerirdische kommen in dieser Geschichte natürlich auch vor. Obwohl weitläufig bekannt ist, dass diese unfreundlichen Genossen ja trotz restriktiver Einwanderungsgesetze eigentlich nur in Texas und Oregon landen, - wahrscheinlich, weil sie nur Englisch sprechen, nehme ich an - dort Ärger machen und die ahnungslose Bevölkerung entführen, kommt es zu einer Begegnung mit unseren beiden Protagonisten aus dem Ruhrpott. Wo und wann, das werdet ihr im Laufe der Geschichte erfahren. Ich verspreche, ihr werdet nachher noch verwirrter sein, als ihr es zu diesem Zeitpunkt jetzt schon seid!

Ihr denkt euch bestimmt, «Na toll, das hat mir gerade noch gefehlt, noch eine Verschwörungstheorie!» Nein, ist es nicht! Es ist alles wahr! Ich schwöre!

Levent Kesik, 8. Oktober 2015

Inhalt

Kapitel 1, Kurzschluss mit Folgen

Die Frau des Turkonauten übergab sich. Sie hatte auch allen Grund dazu, hatte sie doch gerade die Jungfernmission der TUHUD*1 zum Scheitern gebracht.

Wie sie das geschafft hatte - und das auch noch ganz alleine? Naja, nicht *ganz alleine* ... Eine große Hilfe war nämlich die türkische Sitte, Reisenden Wasser hinterherzuschütten. Klingt komisch, aber dieser Brauch sollte den Piloten Glück bringen und ihnen auf der mystischen Ebene einen sicheren Trip garantieren.

Jenes Wasser gestaltete die Reise zwar nicht sicher, aber dafür zumindest sehr kurz. Dieser Brauch nämlich setzte eine unglückselige Kettenreaktion in Gang, an deren Ende es zu einem Kurzschluss in der Startautomatik der NAZAR kam. Jenem Raumschiff, das dem Land endlich einen Platz in der Riege der Raumfahrtnationen verschaffen sollte.

Die Kabel für die Beschallungstechnik bei der feierlichen Verabschiedung des Raumschiffs wurden nämlich provisorisch und natürlich dilettantisch aus dem Kontrollzentrum abgezweigt, das den Start freigeben und leiten sollte. Aber machen wir doch einen kleinen Zeitsprung. Sagen wir mal, so etwa 45 Minuten in die Vergangenheit ...

45 Minuten vor dem Kurzschluss.

An diesem milden Septembermorgen 2013 saßen die wichtigsten Persönlichkeiten des Landes auf der provisorischen Bühne, die unweit der Startrampe aufgebaut war. Dem Anlass entsprechend feierlich gekleidet und erwartungsfroh ob der Reden des Vorsitzenden der Raumfahrtbehörde und des Staatspräsidenten, warteten die geladenen Gäste geduldig auf das historische Ereignis.

Im Hintergrund breitete sich malerisch die schöne Kulisse einer von Bergen umgebenen Hochebene aus. Die Berggipfel glitzerten von dem ersten Schnee, der auf ihnen lag. Ebenfalls glitzernd in der Sonne stand die Rakete, die die NAZAR[*2] in den Orbit katapultieren sollte. Der NAZAR und ihrer Trägerrakete zu Füßen gab es ein emsiges Treiben von Technikern, Ingenieuren und Wissenschaftlern.

Hakan Boncuk[*3] und Avni Degmesin[*4], die beiden Turkonauten, wurden an der Bühne vorbeigeführt. Ihren Gesichtern konnte man die Nervosität ansehen, als sie kurz stehen blieben und salutierten. Auch entging den Gästen nicht, dass sie in ihren Raumanzügen Wasserfälle schwitzten, was mehr der Anspannung als der nicht eingeschalteten Anzugsklimatisierung geschuldet war.

Der Vorsitzende der Raumfahrtbehörde stand von seinem Platz auf, ging an das Rednerpult und schickte sich an seine Rede vorzutragen. Er zog einen Zettel aus der Brusttasche, setzte seine Brille auf und las ab. Er erzählte von den Errungenschaften der Raumfahrt und den zu erwartenden Erfolgen, die man sich von dieser Mission erhoffte. Im Anschluss an seine Rede bat er den Staatspräsidenten an das Pult.

Unter der prallen Sonne und dem Beifall der nun auch durchgeschwitzten Gäste kam dieser an das Pult und hielt seine Rede, die sich mitnichten von der Rede des Vorsitzenden unterschied.

„Meine Damen und Herren, liebe Gäste aus dem In- und Ausland, wir haben uns hier getroffen, um Zeugen eines historischen Ereignisses zu werden. Unsere Anstrengungen der letzten Jahre werden heute durch den Start des ersten bemannten Fluges unserer glorreichen Nation ins Weltall belohnt werden. Die Rätsel um die Existenz unseres Planeten und um unseren Platz im Universum werden ein Stück gelöst werden. Doch das ist nur der Anfang ... Fragen Sie nicht, was die Raumfahrt Ihnen bringen wird, sondern, was Sie der Raumfahrt geben können um Teil eines großartigen Vorhabens zu werden ...!"

Im Beisein der Weltöffentlichkeit, die über Satelliten dem Geschehen folgte, kam der Präsident so langsam zum Schluss seiner an heroischen Lobhudeleien nicht armen Rede.

„Wie es seit Jahrhunderten unsere Tradition ist, sollen unseren Weltraumpiloten ihre Ehefrauen dieses Wasser, das aus allen Himmelsrichtungen des Landes herangeschafft wurde, hinterherschütten."

Der Präsident forderte die beiden Ehefrauen auf, nun von der Ehrentribüne an das Rednerpult herunterzukommen, um ihnen die Karaffen, angeblich gefüllt mit Wasser aus allen Himmelsrichtungen des Landes, übergeben zu können. Wir wissen heute, dass es Wasser aus dem hiesigen Versorgungsnetz war, genauer gesagt aus der Teeküche des Reinigungspersonals, das für diese Brauchtumspflege herhalten musste.

In Tränen aufgelöst kämpften sich die beiden Ehefrauen an das Rednerpult, wo sie die Wasserkaraffen vom Präsidenten und dem TUHUD-Vorsitzenden entgegennehmen sollten. Sie mussten vorher an den Kindern der Folkloretruppe vorbei, die im Rahmenprogramm aufgetreten waren und ihnen nun als folkloristisch bunter Pulk aus Erstklässlern im Wege standen, verängstigt und ungünstig auf dem roten Teppich platziert, der zum Rednerpult führte.

Die Kinder hatten sich nämlich vor dem Metzger gefürchtet, der das eben geopferte Schaf unter der Tribüne ausgenommen hatte und nun mit einem blutigen Messer und blutverschmiertem Kittel im Treppengang stand, von wo aus er sich die Zeremonie anschaute. Hier hätten sich eigentlich die Kinder aufstellen sollen um ein Blumenspalier für die Ehefrauen der Turkonauten zu bilden.

„Auf dass sie ihre Mission erfolgreich abschließen und sicher wieder auf unserer geliebten Erde landen mögen! Verehrte Töchter Anatoliens, Sie können stolz auf Ihre Männer sein. Ich würde so gerne noch einiges aus dem Leben unserer Piloten erzählen, doch dann kämen wir zu spät zu unserem Rendezvous mit den Sternen. Langer Rede kurzer Sinn, möchten Sie, verehrte Frau Boncuk, verehrte Frau Degmesin, noch etwas sagen, bevor wir mit der Startsequenz beginnen?"

Kezban Degmesin, die vor lauter Schluchzen kein Wort herausbrachte, musste von den Offiziellen gestützt werden. Sie setzten sie auf einen Stuhl in der ersten Reihe, während andere Gäste sie mit Zitronenessenz und Eau de Cologne zu beruhigen versuchten.

Die Turkonauten, die den Reden geduldig zugehört hatten, winkten ein letztes Mal den Gästen und den Kameras zu und wurden mit einer Art Golfwagen zur Startrampe der NAZAR gebracht.

Sie gingen einige Stufen hoch und gelangten auf das Podest vor dem Aufzug des Versorgungsturms. Zwei Wachleute salutierten und machten den Eingang zum Aufzug frei. Die beiden Turkonauten wurden bei der Fahrt nach oben von einigen Ingenieuren, und nicht zuletzt von unzähligen mobilen und fest installierten Kameras, die entlang ihres Weges aufgestellt waren, begleitet.

Auf der obersten Plattform des Versorgungsturms angekommen, wurden sie wieder von zwei Wachleuten empfangen. Es waren dieselben Wachleute, die sie in der untersten Ebene in den Aufzug gelassen hatten. Sie vertraten die eigentlichen Wachleute aus der oberen Plattform. Weil kein Platz mehr im Aufzug war, waren sie die Nottreppe hochgerannt und standen nun nach Luft schnappend vor der Einstiegsluke der Raumkapsel.

„Sagt mal ihr beiden, kennen wir euch nicht von irgendwoher? Ihr wart doch eben unten, oder nicht?"

„Fragt nicht, wir helfen lediglich den beiden aus, die eigentlich hier Wache halten sollten."

„Was ist mit denen?"

„Der eine hat gestern geheiratet und der andere war sein Trauzeuge ... sie schlafen ihren Rausch aus."

„Na gut, wir müssen nicht alles verstehen! Ihr müsst uns jetzt nach einem Zugangscode fragen oder nicht?"

„Was denn für ein ... ach ja, der Code, wie lautet er denn?"

„Der junge Adler will jetzt fliegen!"

„Was?"

„Der junge Adler will jetzt fliegen! Das ist der Code, du Idiot!"

„Ach so ja, dann, ... dann bitte schön!"

Die Wachleute salutierten nochmal. Einer öffnete die Einstiegsluke der Kapsel. Die beiden Turkonauten betraten die NAZAR, schlossen ihre Versorgungsschläuche an und schalteten die bordeigenen Sauerstoffgeräte ein. Die Kommunikation mit dem Kontrollzentrum wurde aufgebaut und ein reges Befehls- und Abkürzungswirrwarr begann.

Die Parameter des Raumschiffs wurden einzeln abgefragt und Kapitän Hakan Boncuk wiederholte diese, während sein Begleiter, Kopilot und Erster Offizier Avni

Degmesin, sie überprüfte. Das Technikerteam sowie das Wachpersonal verließen die Startvorrichtung.

Die NAZAR war klar für den Start.

Die Ehefrau des Kapitäns, die nun tapfer mit der Wasserkaraffe am Rand der provisorischen Bühne stand, drehte sich noch einmal zu den Gästen um, bevor sie das Wasser in Richtung Trägerrakete schütten wollte. Die Karaffen waren nicht unbedingt für zarte, kleine Hände gedacht. Sie wogen erheblich mehr, als die Ehefrau des Kapitäns längere Zeit hätte tragen können. Als der Vorsitzende ihr zu verstehen gab, dass sie mit der Prozedur fortfahren könne, war sie froh, sich dieser nervlichen und gewichtigen Last entledigen zu können. Mit zittrigen Händen schüttete sie den Inhalt der Karaffen in Richtung der NAZAR.

Kurze elektrische Blitze unter der Bühne verhießen nichts Gutes. Sie pflanzten sich in Richtung Kontrollzentrum fort, wo ein Wasserkocher explodierte, und wanderten unaufhaltsam von dort aus in Richtung Startrampe. Ein lauter Knall folgte ...!

Die nun nach Selbstständigkeit strebende Trägerrakete neigte sich vor den Augen der ganzen Welt bedrohlich zur Seite. Weil die Halterungen noch nicht gelöst waren, kippte die NAZAR samt den Treibstofftanks um und explodierte in einem riesigen Feuerball, bei dem alles in der Umgebung in Mitleidenschaft gezogen wurde.

Die Kapsel mit den beiden Raumfahrern wurde kilometerweit durch die Explosion der Treibstofftanks weggeschleudert und landete sicher mit ihren Landeschirmen in einem Feld unweit einer Herde verdutzter Angoraschafe und deren Hirten ...

Kapitel 2, Alles nur Luft

Barbaros Ali hatte wieder dieses zufriedene Lächeln im Gesicht. Sein dünner Oberlippenbart zog sich fast vom linken zum rechten Ohr hin und bildete zu seinen Augenbrauen eine Parallele. Sein Erscheinungsbild wurde durch seine Stimme komplettiert. Er hatte eine dünne, rauchige Stimme, die so wirkte, als wäre Barbaros Ali im Höhepunkt eines pubertären Stimmbruchs gefangen.

Er schmunzelte, war er doch wieder in denselben Tagtraum versunken, der ihn seit Wochen begleitete. In diesem Traum lag er an einem Pool und wurde von einem Butler bedient, während eine Journalistin eines Managermagazin ihn interviewte.

„James, bringen Sie der Dame bitte einen Martini!"

„Mein Name ist Hasan, Ali Beg!"

„Kein Problem, dann bringen Sie halt eine Apfelschorle, aber seien Sie mit dem Apfelsaftanteil nicht so knauserig!"

Auf dem Teppich bleiben ist eine Disziplin, in der Barbaros Ali keine Medaillen besaß. Aber es war nun mal sein Tagtraum und den konnte er durchleben, wie er es wollte. In seinem Fall eben wie ein neureicher Boheme.

„Herr Ali, beantworten sie doch unseren Lesern diese Frage: Welche Eigenschaften braucht man, um der erfolgreichste und gleichzeitig der reichste Unternehmer aller Zeiten zu werden?"

„Bescheidenheit, meine Liebe, Bescheidenheit, und Luft ... ich heiße übrigens Barbaros Ali Garip, also Barbaros Ali ist mein Vorname und Garip der Nachname!"

„Also Bescheidenheit!? Diese Tugend können Sie wirklich gut verstecken. Vielen Dank Herr Ali ... Aaali, Aaaali, Alliii ...!"

Die Stimme der Journalistin veränderte sich in etwas Bekanntes, in etwas Bedrohliches, in etwas bekannt Bedrohliches. Sie ähnelte langsam der Stimme seiner Ehefrau, Semra, die Barbaros Ali unsanft aus seinem Traum zu wecken versuchte.

In seinem Traum hörte er diese Stimme aus dem Off. Er schaute sich um und versuchte sie zu lokalisieren. Sie erschien zunächst sanft und beruhigend, wurde aber immer lauter und strenger. Barbaros Ali wurde immer nervöser, bis er aus diesem Tagtraum erwachte.

Er lugte erst lediglich ein wenig durch das linke Auge um die Lage zu sondieren. Ein ihm vertrauter Umriss umrandete einen dunklen Schatten, der sich nun als seine Semra herausstellte. Sie stand vor dem Tisch und verdeckte das Tageslicht, das sich durch das Wohnzimmerfenster kämpfte. Barbaros Ali lag halb auf der Couch und halb mit den Füßen auf dem Tisch. Diese Haltung war seinem Tagtraum geschuldet, denn dort lag er ja auf dem Liegestuhl am Pool. In der Hand hielt er noch seinen Cocktail, in Wirklichkeit die Vase vom Tisch.

Das überaus prätentiöse Ambiente eines Pools, eingebettet in die weitläufigen Gärten einer weißen Villa, die dem Weißen Haus in Washington nachempfunden war, wich der tristen Realität der Wohnzimmerlandschaft der Familie Garip.

Semra stand mit Timur, einem der Zwillinge, auf dem Arm vor dem Tisch und hatte ihren Barbaros Ali wieder mal beim Träumen ertappt. Sie war verärgert, weil er mit den ihr schon verhassten Dosen herumexperimentierte.

Sie warf die von ihm selbst gebastelten Dosen immer wieder in den Müll, um ihn von seiner verrückten Idee abzubringen. Doch er holte sie ebenfalls immer wieder aus dem Müll heraus und bastelte an ihnen weiter.

Barbaros Ali war nun seit einigen Monaten arbeitslos und hielt sich und seine Familie nur mühsam mit Gelegenheitsarbeiten über Wasser. Sein Traum war es, mit seiner Idee, nämlich Luft in Dosen an seine Landsleute zu verkaufen, ein sorgenfreies Leben führen zu können.

Luft in Dosen? An seine Landsleute? Die Idee war, seinen an Heimweh leidenden Landsleuten ein Stück Heimatluft in Dosen zu verkaufen, um ihr Leiden ein Stück weit zu mindern und ihn selber ein Stück weiter wohlhabend zu machen. Jede Dose, befüllt mit heimatlicher, anatolischer Pressluft aus den verschiedensten Regionen, sollte einer so großen Klientel wie möglich angeboten werden.

Semra, deren mächtige Erscheinung im krassen Gegensatz zu der von Barbaros Ali stand, nahm eine der Dosen und zerquetschte sie mit ihren fleischigen Händen. Das konnte sie gut, nachdem sie an mittlerweile 73 Dosen geübt hatte.

„Ali, Ali, Ali! Was machst du da schon wieder? Ich komme noch wegen dieser Dosen in die Klapsmühle!"

Semra hielt einen Mülleimer in der Hand und räumte den Tisch von den Dosen leer.

„Was willst du mit den verfluchten Dosen? Ich dachte, dass du dich um eine anständige Arbeit kümmern willst?"

„Ich packe sie nur zusammen! Ich habe heute einen Termin.“

„Was denn für einen Termin?“

„Bei dem ich sie vorstellen werde!“

Semra setzte sich auf die Couch und schlug die Hände auf die Oberschenkel, wie es Frauen aus dem Orient nun mal machten, wenn sie verzweifelt waren.

„Meine Mutter hat mich vor dir gewarnt. «Er ist ein Nichtsnutz!», hat sie gesagt, «Er wird dich ins Unglück stürzen!» hat sie mich gewarnt. Wieso habe ich nicht auf sie gehört? Wieso falle ich jedes Mal auf dich herein? Keiner will deine Dosen haben, wann kapierst du das endlich?“

Barbaros Ali sammelte hastig die Dosen ein und versuchte, die zerdrückte Dose wieder geradezubiegen.

„Dieses Mal haben wir die Chance aller Chancen, die Mutter aller Chancen sozusagen ... dieses Mal wird es klappen. Ali Raif hat mir einen Termin bei seinem Boss besorgt.“

Semra wollte einem der Kleinen die Milchflasche vom Tisch geben, doch sie vergriff sich und hatte plötzlich eine Dose mit der Aufschrift *Zonguldak Luft von Barbaros Ali* in der Hand. Auch diese Dose wurde Opfer einer anderen Auffassung von einem Lebensplan. Nummer 75.

„Wieso ziehst du denn deinen Cousin mit in die Geschichte hinein? Willst du ihn auch in den Ruin stürzen? Er ist doch eigentlich ein recht gescheiter Mensch? Wieso bringt er dich mit dieser verrückten Idee überhaupt zu seinem Chef?“

„Naja, ich habe ihm nicht alles erzählt, er weiß nichts von den Dosen!"

„Ich glaub', ich spinne. Willst du mit diesen bescheuerten Dosen auch noch andere ins Unglück stürzen? Ich habe dir gesagt, dass ich diese verfluchten Dosen hier nicht mehr sehen will, und was machst du, ziehst noch andere Leute mit in die Sache hinein!"

„Liebling, das mache ich doch alles nur für dich und die Kinder!"

„Ich gehe!"

„Wohin?"

„Zu meinen Eltern!"

Barbaros Ali merkte nicht, dass Semra ihn jetzt endgültig verließ. Auch die Tatsache, dass zwei gepackte Reisekoffer im Flur standen, führten nicht zu der Erkenntnis, dass es diesmal ernst war.

„Was gibt es denn zu essen?"

„Steht auf dem Herd!"

Barbaros Ali sah den riesigen Topf auf dem Herd vor sich hin köcheln. Die Kücheneinrichtung hatte schon mal bessere Tage gesehen. Wahrscheinlich in den Dreißigern.

„Das ist aber viel, sehr sehr viel. Für wie lange gehst du denn zu deinen Eltern?"

„Für sehr lange!"

Er suchte nach einem Löffel, aber die Schubladen waren leer, daher nahm er eine Kelle, die im Waschbecken lag. Barbaros Ali öffnete den Deckel und schaute angewidert weg.

„Bohnen? Ich mag doch keine Bohnen?!"

„Guten Appetit!"

Barbaros Ali rührte mit der Kelle in dem riesigen Topf herum.

„Nur Bohnen, keine Fleischeinlage? Das reicht ja für eine Ewigkeit!"

Als er sah, dass Semra mit den beiden Koffern und den beiden Kindern vor ihm stand, merkte er, dass es ernst war.

„Du gehst also wirklich? Keine letzte Chance mehr?"

Semra stellte die Koffer ab und zog Kemal und Timur, den vierjährigen Zwillingen, ihre Jäckchen an.

„Das wäre deine achte letzte Chance … , wie oft willst du uns denn noch mit deiner Idee quälen? Mach es gut!"

Semra verließ nun zusammen mit den beiden Kindern zum achten Mal ihren Barbaros Ali. Als die Tür zuging, sah man, dass er gar nicht so traurig war. Er dachte sich, dass sie am nächsten Tag sowieso wieder zurückkämen, so wie bei den letzten sieben Malen, als Semra ihn verlassen hatte.

Barbaros Ali sah aus dem kleinen Toilettenfenster seiner Wohnung im 3. Stockwerk auf die Straße, wo Semra mit dem Kinderwagen, den beiden Koffern in ihm und den beiden Jungen im Schlepptau entlangging.

„Grüß' mir deine Eltern!"

Semra verdrehte nur die Augen und schob den Kinderwagen weiter, während sie Kemal und Timur wie in einer Karawane hinter sich herzog. Die beiden Jungs zerrten an ihrer Mutter und blickten zum Toilettenfenster hoch, wo sie ihren Vater schon oft hatten rufen hören, und winkten ihm zu.

Barbaros Ali schickte den beiden noch einige Küsschen hinterher, bevor er durch den Toilettendeckel brach und mit einem Fuß im Klo landete. Zum Glück hatte er nur Socken an, wie es in türkischen Wohnungen üblich war.

Nun musste es aber schnell gehen. Barbaros Ali zog sich eilig seinen Anzug und nur eine neue Socke an. Praktischerweise hatte er nur schwarze, daher brauchte er auch nur eine zu wechseln und die nasse zum Trocknen aus dem Fenster zu hängen.

Sein Cousin Ali Raif wollte ihn abholen, um mit ihm den besagten Termin bei dessen Chef, einem Getränkefabrikanten, wahrzunehmen ...

Kapitel 3, Der Termin bei der Hay Ran My Ran GmbH

Ali Raif Kalem schnappte nach Luft. Er hatte sich beeilt, um seinen Cousin rechtzeitig abholen zu können. Ihre Mütter, seine und die von Barbaros Ali, waren Zwillingsschwestern. Wie es bei Zwillingen schon mal vorkommt, hatten sie beide im selben Jahr geheiratet und brachten auch fast zur selben Zeit ihre Jungs zur Welt. Kurz vor deren Geburt verstarb der Großvater, dessen Namen, weil dies so üblich war, beide Cousins als Zweitnamen verpasst bekamen. Um sie namentlich zu unterscheiden, hieß der eine dann Ali Raif und der andere eben Barbaros Ali.

Ali Raif war nun die ganze Strecke von der Arbeit bis zur Wohnung seines Cousins mit dem Fahrrad gefahren. Eigentlich sollte er mit seinem Wagen, einem 3er BMW, da sein ...

„Wo sind Semra und die Kinder?"

„Wo ist dein Auto?"

„In der Werkstatt, Zylinderkopfdichtung! Wiedermal, nachdem du ihn dir ausgeliehen hattest ..."

„Das hat mit Sicherheit nichts mit mir zu tun! Ich bin am Wochenende, wie ein Rentner gefahren!"

„Ja, ja, wahrscheinlich wie Ayrton Senna, wenn der in Rente gewesen wäre. Wo ist deine Family?"

„Bei den Schwiegereltern."

Während Ali Raif sich seine Krawatte im Spiegel richtete, packte Barbaros Ali noch die letzten Utensilien für seine Präsentation zusammen. Da die Reisekoffer nicht mehr da waren, musste er zwei große blaue Müllsäcke nehmen.

„Bei den Schwiegereltern, schon wieder?"

„Passt schon, sind nur zu Besuch!"

„Gib her den Müll, ich kann ihn wegschmeißen."

„Nein, nein, nein, Cousin, das sind meine speziellen Unterlagen für die Vorstellung bei deinem Chef!"

„Okay, okay, wir haben nicht viel Zeit, schwing deinen Hintern auf den Gepäckträger, wir müssen in 15 Minuten da sein und du wirst genau 10 Minuten haben, um den Boss nach einem Job zu fragen!"

Ali Raif hatte seinem Cousin besagten Termin bei seinem Chef, einem Getränkefabrikanten, besorgt. Er wusste allerdings nicht, dass Barbaros Ali seinen Chef nicht nach einem Job fragen, sondern ihn als Partner für seine Idee gewinnen wollte.

Die Fahrt dauerte genau 16 Minuten, weil es unterwegs einen kleinen Unfall mit einem Rollator gab, als sie einer Nordic-Walking-Gruppe ausweichen mussten. Das Gleichgewicht auf einem Fahrradgepäckträger eines klapprigen Hollandrades mit zwei riesigen Müllsäcken in der Hand zu halten, war halt nicht einfach.

Barbaros Ali und Ali Raif betraten die Firmenzentrale der HAY RAN MY RAN GmbH und gingen durch die kurze Halle der Lobby. Der Werksschutz ließ die beiden durch, weil sie Ali Raif kannten.

„So, mein Lieber, deiner Mutter Gedenken wegen habe ich dir diesen Termin besorgt. Es gibt vielfältige Arbeiten in der Produktion von Ayran. Wenn du Glück hast, kommst du auch zur Qualitätskontrolle, wo ich bin und du probierst jeden Tag Ayran und sagst, ob noch etwas Salz rein muss oder nicht, also gaaanz easy."

„Ali Raif, Ali Raif Abi, sei mir nicht böse, aber ich werde deinen Chef nicht nach einem Job fragen ..."

„Äh, wie bitte? Kannst du das bitte noch mal wiederholen?"

„Ich werde deinem Chef ein Geschäft vorschlagen und nicht nach einem Job fragen. Glaube mir, ich brauche nur 5 Minuten, um deinen Chef von meiner Idee zu überzeugen."

„Äh was, was denn für eine Idee? ... Du sollst ihn doch nach einem Job fragen und nichts anderes!"

„Ich habe da so einen Vorschlag, mit dem wir Millionen verdienen werden."

„Das kann ich nicht zulassen, das wird schiefgehen!"

In der Lobby hallte eine Durchsage: *«Herr Garip, Herr Kalem, Herr Barbaros Ali Garip, Herr Ali Raif Kalem, bitte kommen Sie zum Empfang in der 4. Etage.»*

Barbaros Ali konnte nicht viel, aber eines hatte er drauf, die Kombination aus Babyrobbenblick und Hundeblick. Ali Raif kannte diesen Blick, hatte dieser sie beide doch schon oft in Situationen gebracht, die er zu gern vermieden hätte.

Rückblende

Ali Raif und Barbaros Ali spielen Fußball. Der Schiedsrichter pfeift nach einem groben Foulspiel einen Strafstoß. Die Zuschauer der gegnerischen Mannschaft sind aufgebracht und stürmen das Spielfeld. Es geht nicht nur um Sieg oder Niederlage, es geht um den Klassenerhalt in der zweituntersten Kreisliga Deutschlands.

Ali Raif, Kapitän seiner Mannschaft, legt sich den Ball zurecht. Er ist etwas untersetzt und kompakt gebaut. Er verkörpert den soliden, schnörkellosen Verteidiger, der ohne Allüren spielt. Sein robustes Erscheinungsbild unterstreicht seine Spielweise. Diese ist quasi ein Spiegelbild dessen, wie er durchs Leben wandelt. Er wird von Barbaros Ali, der in derselben Mannschaft spielt, bedrängt, den alles entscheidenden Elfmeter schießen zu dürfen.

Barbaros Ali ist ein mannschaftsdienlicher Spieler. Seiner Mannschaft dient er am meisten, wenn er auf der Ersatzbank sitzt. Er leidet an grandioser Selbstüberschätzung und kann sich jetzt am Ende der Saison nicht beschweren, dass er nicht schon längst aus der Mannschaft geflogen ist.

Er hat den gegnerischen Mannschaften ungewollt schon unzählige Male durch erfolglose Einzelaktionen die Vorlage zu deren Siegen gegeben. Beide haben den typischen Fußballerlook, die mittlerweile verpönte und geächtete Vokuhilafrisur – vorne kurz, hinten lang - und als zusätzliche Nuance einen Schnäuzer.

„Lass mich schießen, bitte Ali Raif Abi, lass mich schießen!"

Da ist er wieder. Dieser Blick. Barbaros Ali schaut seinem Cousin einige Sekunden tief in die Augen. Die Zeit scheint stehen zu bleiben. Um sie herum bewegen sich die Akteure dieser Rückblende in Zeitlupe.

„Bitte, Raif!"

Ali Raif denkt an seine verstorbene Tante, wie sie ihm am Sterbebett den Schwur, immer für seinen Cousin da zu sein, abnimmt. Nach einem kleinen inneren Kampf übergibt Ali Raif ihm den Ball.

„Wenn du verschießt, hast du für immer verschissen und wir steigen ab!"

„Mach dir keine Sorgen! Ich werde den Torwart mit ins Tor schießen!"

Vor Ali Raifs innerem Auge läuft jetzt auch diese Elfmeterszene in Zeitlupe ab. Barbaros Ali legt sich den Ball zurecht. Man sieht abwechselnd Ali Raif, Barbaros Ali, den Torhüter, den Trainer und einige Zuschauer. Barbaros Ali läuft an und tritt auf seinen eigenen Schnürsenkel, der sich von seinem linken Schuh gelöst hat. Er schafft es dennoch den Ball irgendwie zu treffen, der wiederum am Tor vorbei, dem 15 Meter entfernt stehenden Trainer seiner eigenen Mannschaft ins Gesicht fliegt.

Die gegnerischen Spieler stürmen den eigenen Torwart und feiern ihn, während die übrigen Spieler und einige Zuschauer Barbaros Ali über den Platz jagen. Ali Raif steht regungslos auf dem Platz und schaut lethargisch vor sich hin. Erst als es dunkel wird, kommt Barbaros Ali und holt ihn ab.

Ende der Rückblende.

„Ich glaube es einfach nicht, was ich hier mache. Das wird mich meinen Job kosten. Barbaros, diesen Gefallen tue ich dir nur, weil wir verwandt sind und ich deiner Mutter versprochen habe, dir immer beiseitezustehen ...“

Beide betraten den Aufzug.

„Vertraue mir, das ist die Geschäftsidee! So, drück schon die Vier oder willst du zu spät kommen. Ach ja, du wirst mit, sagen wir mal, 12 % beteiligt!"

„Was ist das eigentlich für eine Idee?"

„Ich merke, dass du die Moneten schon riechst! Du wirst es gleich erfahren! Sitzt meine Krawatte?"

„Sitzt!"

Barbaros Ali stürmte selbstsicher in den Flur der 4. Etage, während Ali Raif noch eine Weile im Aufzug verharrte. Barbaros Ali drehte sich um und schaute zu dem im Aufzug wartenden Ali Raif. Die Aufzugstür ging 3-mal zu und wurde immer wieder von Barbaros Ali aufgedrückt.

„Was ist, Raif, komm schon! Nur ein kleiner Schritt für dich aus dem Aufzug, aber ein riesiger Sprung in Richtung 12-Prozent-Partnerschaft!"

„Ich werde es bereuen, ich weiß es, aber was soll's …!"

Beide hasteten in Richtung Vorzimmer des Chefs, Ismail Hayran, dem Besitzer der Hay Ran My Ran GmbH.

„Denk daran, dieser Mann hat nicht sehr viel Zeit, fasse dich kurz und verliere dich nicht in Belanglosigkeiten. Hast du mich verstanden?"

„Ich bin ein Profi, wenn du eine Kamera hast, kannst du meine Präsentation aufnehmen und später als Schulungsvideo verkaufen!"

Ali Raif holte vor der verspiegelten Tür des Sekretariats noch mal tief Luft, während Barbaros Ali sich aus einer Zahnlücke ein Stück von einer Bohne herauspuhlte. Die Sekretärin, die von ihrer Seite aus durch die einseitig verspiegelte Tür blicken konnte, rief die beiden ins Vorzimmer. Sie saß gelangweilt hinter der Rezeption und war mit ihrer Maniküre und einem PC-Spiel beschäftigt.

„Guten Tag meine Herren, kann ich Ihnen weiterhelfen?"

„Mein Name ist Ali Raif Kalem, ich arbeite hier in der Qualitätssicherung, wir haben einen Termin bei Herrn Hayran."

Die Sekretärin schaute in ihrem PC nach. Nachdem sie von den beiden Besuchern unbemerkt einige Karten in Solitär aufgedeckt hatte, sagte sie, dass sie die Namen gefunden hätte.

„Ah, da habe ich Sie ... Setzten Sie sich bitte. Sie werden hereingerufen."

Die Sekretärin ging in das Chefzimmer. Die beiden Cousins setzten sich hin. Barbaros Ali kramte aus einer der Tüten einen Aktenkoffer heraus. In ihm war seine Geschäftsidee.

„Jetzt sag', was ist das für eine Idee?"

„Ich habe ein ..., einen Werbefilm dabei."

„Du hast was?"

„Einen Werbefilm zu dem Produkt, das ich gleich vorstellen werde. Es soll ja professionell herüberkommen."

„Wie hast du denn das drehen lassen? Du bist doch völlig abgebrannt. Du hast doch gar kein Geld für einen Werbefilm!"

„Ich habe es ja auch nicht drehen lassen ... ich habe es selber gemacht!"

Die Tür ging auf und die Sekretärin rief beide herein.

„Herr Hayran lässt bitten!"

Barbaros Ali stand auf, während Ali Raif noch auf der Sitzbank verharrte. Kurze Zeit später hastete er ihm nach. Beide waren nun im Büro von Ismail Hayran. Die Sekretärin schloss die Tür hinter sich.

Das Büro von Ismail Hayran war sehr groß. Das, was er seinen Bandarbeitern zu wenig zahlte, floss wohl in die aufwendige Ausstattung seines Büros und in die Goldringe an seinen Fingern. Understatement war etwas Anderes, denn das, was an seinen Fingern funkelte, war die größte Ansammlung von Gold an einem Ort neben Fort Knox und Tante Hatices Gebiss.

An den Wänden hingen Porträts der Ahnen. Im Grunde sahen die zwei Generationen vor Ismail Hayran genauso aus wie er, nur, dass der Schnurrbart des Großvaters zu den Augenbrauen des Vaters wurde und nun das Haupt von Ismail Hayran schmückte.

Am Ende eines langen Tisches, auf einem Lederstuhl saß Ismail Hayran. Zu seiner Linken saß einer seiner Produktmanager. Auf dem Tisch lagen Unterlagen verteilt, die offensichtlich wichtig waren. Alle schauten in Richtung von Barbaros Ali und Ali Raif.

Ismail Hayran, eine eigentlich recht kleine Person, saß auf einem extra für ihn angefertigten Bürostuhl, der sich von den anderen Stühlen dadurch unterschied, dass er 20 cm mehr Hub nach oben hatte. Unter dem Tisch taumelten die Beine von Ismail Hayran in der Luft. Er redete nicht und verzog auch keine Miene.

„Von draußen sieht das Büro gar nicht so groß aus."

Der Manager zur Linken, die rechte Hand des Chefs, ergriff das Wort. Ein Schwergewicht, zumindest nach der Menge Haargel auf seinem Haupt zu urteilen. Sein weißes Hemd war tadellos gebügelt und schloss stimmig mit einer passenden Krawatte ab. Lediglich die unheimlich, wirklich unheimlich langen Brusthaare lugten am Halsansatz hervor und gaben dem ansonsten harmonischen Auftritt eine groteske Note.

„Meine Herren, Sie wissen, dass die Zeit von Herrn Hayran sehr begrenzt ist. Also fangen Sie an."

Ali Raif wollte mit besänftigenden Worten beginnen, um im Fall eines Scheiterns mit Milde rechnen zu können.

„Zunächst einmal danke ich Ihnen, dass Sie sich die Zeit genommen haben …!"

„Was mein hoch geschätzter und von mir geliebter Cousin Ali Raif Kalem sagen will, ist, dass für Hay Ran My Ran eine neue erfolgreiche Ära angebrochen ist. Schon Kolumbus …"

„Herr … Barbaros Ali Beg, bitte kommen Sie zum Punkt!"

„Also gut … meine Geschäftsidee zielt auf Konsumenten in aller Welt ab. Genauer gesagt auf Türken in aller Welt."

Alle im Raum, bis auf Ismail Hayran, der keine Miene verzog, schauten interessiert und hörten aufmerksam den Ausführungen von Barbaros Ali zu. Insbesondere Ali Raif war nicht nur interessiert, sondern auch besorgt und blickte abwechselnd zu seinem Cousin und zu seinem Chef. Barbaros Ali zwinkerte ihm übertrieben selbstsicher zu.

„Was vermisst ein im Ausland lebender Türke am meisten?"

Stille breitete sich im Büro aus. Nur das Ticken der Wanduhr war zu hören, das wiederum im Sekundentakt im Schädel von Ali Raif explodierte. Alle im Raum fixierten nun Barbaros Ali, bis auf Ali Raif, der auf irgendeine Reaktion von Ismail Hayran wartete.

Vielleicht war diese mimiklose Figur schon tot und es saß nur eine Attrappe vor ihm dort, sodass Ali Raif im Falle eines Misserfolgs nichts zu befürchten hatte.

„Ich werde es Ihnen verraten."

Barbaros Ali kramte eine Videokassette und die vorher vorbereiteten, unterschiedlich großen, mit Pressluft gefüllten Getränkedosen, die offensichtlich handgemacht waren, aus seinen mitgebrachten Tüten heraus. Er stellte sie der Größe nach auf dem Tisch auf. Die Kassette steckte er in das Videogerät, das er ebenfalls mitgebracht hatte. Mit einem abenteuerlichen Kabelkonstrukt schloss er auch den büroeigenen Fernseher, den er nach kurzem Suchen entdeckt hatte, an.

„Es ist die Heimat! Wir werden Millionen mit der Sehnsucht nach der Heimat verdienen."

Kapitel 4, Die Vorstellung der Geschäftsidee

Barbaros Ali startete das Video, das seinen selbst gemachten Werbefilm zeigte. Die Qualität der Videokassette ließ zu wünschen übrig. Offensichtlich hatte er einen mehrmals überspielten Datenträger benutzt, was man am Anfang an den Urlaubsfilmszenen erkennen konnte. Der Werbefilm fing an. Die wackelige Kameraführung ließ keinen Zweifel offen, dass der Film selbst gedreht worden war.

Der Werbefilm

Erste Szene:

Eine Person läuft auf dem Parkplatz einer Autobahnraststätte herum – es ist Barbaros Ali. Offensichtlich sucht er etwas. Sein Atem geht schwer und es ist zu erkennen, dass er sich selbst filmt. Er schaut ungewollt auffällig in die Kamera.

Ein Lkw mit der Aufschrift *Heimat* taucht im Bild auf. Er nähert sich diesem. Neben dem Lkw steht eine Aluleiter, die offensichtlich vorher benutzt worden war, um das Bettlaken mit der Aufschrift *Heimat* an den Lkw anzubringen, aber jetzt völlig überflüssig im Bild zu sehen ist.

Das Bettlaken liegt lose oben auf der Lkw-Plane und wird nur von zwei Ziegelsteinen auf dem Dach des Lkws festgehalten. Eine aufgeklebte, falsche Träne läuft Barbaros Ali das Gesicht herunter.

Zweite Szene:

Die Kamera liegt auf dem Boden. Allerdings um 90 Grad gekippt, sodass jetzt der geneigte Zuschauer sich um

90 Grad neigen muss. Barbaros Ali schleicht zum Lkw und versucht unentdeckt zu bleiben. Der eigentliche Lkw-Fahrer ist offensichtlich nicht in die Aufnahmen eingeweiht. An einem Reifen angelangt, lässt er die Luft heraus, schnuppert daran und demonstriert extremes Wohlbefinden.

Dritte Szene:

Die Kamera liegt auf einer der zahlreichen Mülltonnen, die Barbaros Ali in die Nähe des Lkws geschoben hat. Der Lkw-Fahrer, wiederum Barbaros Ali, nur mit offensichtlich falschem Bart und einem Hut, kommt ins Bild und erkundigt sich, was er denn dort am Reifen mache.

Vierte Szene:

Barbaros Ali ist zu sehen. Er hat immer noch den Lkw-Fahrer-Schnurrbart angeklebt, versucht ihn aber unauffällig abzumachen. Es ist ein Losreißgeräusch zu hören, gefolgt von einem türkischen Standardfluch.

Fünfte Szene:

Barbaros Ali schaut in die Kamera und justiert sie. Dieser Teil der Aufnahme hätte herausgeschnitten werden müssen, wurde es aber nicht. Er stellt sich in Position und antwortet endlich auf die Frage des Lkw-Fahrers.

„Bruder, ich habe gesehen, dass dein Lkw aus der Heimat kommt und ich habe vermutet, dass die Reifen bestimmt dort aufgepumpt wurden. Ich habe schon seit langem Heimweh und dachte mir, wenn ich etwas an der Luft aus deinen Reifen schnuppere, geht es mir besser."

Barbaros Ali guckt in die Kamera und ein Blatt Papier, das von ihm selber vor die Kameralinse geschoben wird, ist zunächst verschwommen und dann scharf zu sehen:

„Das brauchen Sie nicht mehr zu machen, denn jetzt gibt es ..."

Sechste Szene:

Wir sind plötzlich im Wohnzimmer von Barbaros Ali. Er sitzt auf seinem Sessel. Vor ihm auf dem Tisch sind dieselben Dosen zu sehen, die jetzt auch vor Ismail Hayran aufgebaut sind. Barbaros Ali umarmt die Dosen.

„... jetzt gibt es die Luft aus der Heimat in Dosen! Aus jeder Region für jeden Geschmack."

Siebte Szene:

Barbaros Ali steht wieder auf dem Parkplatz. Er hat die Leiter neben sich stehen. Im Hintergrund sieht man den Lkw.

„Demnächst auch in Ihrer Nähe!"

Man sieht, wie im Hintergrund das Licht im Führerhaus des Lkw angeht und die Fahrertür sich öffnet. Der eigentliche Lkw-Fahrer schaut sich seinen Reifen an, sieht das Laken und Barbaros Ali mit der Kamera. Er eilt zum Führerhaus, holt einen Schlagstock und rennt auf Barbaros Ali zu. Die Kamera fällt auf den Rasen und bleibt wieder im 90-Grad-Winkel liegen.

Auch diesmal müssen sich die Zuschauer um 90 Grad neigen. Barbaros Ali wird von dem Lkw-Fahrer gejagt. Er reißt noch das Bettlaken vom Lkw und rennt, verfolgt von dem vom Ziegelstein getroffenen und fluchenden Lkw-Fahrer, auf die Kamera zu.

Ende des Werbefilms.

Barbaros Ali stand mit dem Rücken zu dem Manager und Ismail Hayran, als der Werbefilm zu Ende ging. Er war den Tränen nahe und so von sich begeistert, dass er die Kassette zurückspulen ließ, da er davon ausging, dass Herr Hayran den Film noch einmal sehen wollte. Er drehte sich langsam zu seinem Publikum herum und sah jetzt, wie Ali Raif am Ende des langen Tisches stand und Ismail Hayran beobachtete. Ismail Hayran wiederum zeigte nun endlich eine Regung.

Sein linkes Auge fing hektisch an zu zucken, während sein Manager entgeistert und mit offenem Mund in seinem Stuhl versank. Ali Raif versuchte sich nun unbemerkt aus dem Büro des Chefs zu stehlen.

Ohne viele Nettigkeiten auszutauschen, wurden die beiden Cousins aus dem Büro von Ismail Hayran herausgebeten. Schneller als erhofft sahen Barbaros Ali und Ali Raif die Lobby der Firmenzentrale wieder.

Die Glasschiebetüren der Firmenzentrale öffneten sich, während Ali Raif und Barbaros Ali mit den Sicherheitsleuten über die Form des Abschieds diskutierten. Die Türen schlossen sich wieder, weil die Diskussion, sagen wir einmal, sehr dynamisch ablief und das Ziehen und das Gezerre vor der Lichtschranke dazu führten, dass sich die Türen im Zweisekundentakt öffneten und wieder schlossen.

Bei jedem Öffnen bot sich den vorbeigehenden Passanten ein anderes groteskes Bild der Situation. Die mit Testosteron aufgepumpten Konversationspartner hatten letztendlich die schlagfertigeren Argumente, sodass beim nächsten Öffnen der Tür die beiden blauen Müllsäcke im hohen Bogen aus der Zentrale flogen.

Sie landeten nach kurzem Parabelflug auf dem Bürgersteig, wo einer von ihnen aufplatzte und sich der Inhalt vor den Füßen der Passanten verteilte.

Barbaros Ali beschloss nun die gepflegte Unterhaltung an diesem Punkt abzubrechen und wurde, begleitet von Kraftausdrücken, die er noch nie gehört hatte und deren Semantik die Beleidigung der gesamten Ahnenlinie beinhaltete, unsanft seinen Tüten hinterherbefördert.

Die beiden Sicherheitsleute gingen wieder hinein und kamen nun mit Ali Raif in derselben Haltung, die sein Cousin zuvor eingenommen hatte, heraus und beförderten ihn unsanft auf denselben Haufen, der einmal eine Geschäftsidee gewesen war.

„Auch euch noch eine schöne Restwoche, Rambo und Rocky!"

Beide Sicherheitsleute drehten sich noch mal grimmig um und zeigten, dass sie für diese Art von Humor nicht empfänglich waren.

Barbaros Ali sammelte die herausgeflogenen und umherliegenden Dosen ein und stopfte sie wieder in die Tüte. Ali Raif saß auf der Bordsteinkante und blickte ab und zu zurück auf den Bürgersteig, wo sein Cousin zwischen den Passanten versuchte die letzten Dosen einzufangen.

„Geschafft, alle Dosen im Sack!"

Die Glastür ging noch einmal auf und die persönlichen Dinge, die Ali Raif auf seinem Bürotisch gehabt hatte, kamen nun in einem Karton angeflogen und landeten direkt neben ihm.

„Das soll wohl heißen, dass du dich zukünftig umorientierst und eine andere Challenge annimmst, oder?"

„Sie haben mir sowieso zu viel gezahlt! Und du? Luft in Dosen verkaufen … du bist echt verrückt, deswegen hast du mir vorher nichts davon erzählt!"

„Super Idee oder nicht?!"

Ali Raif überlegte kurz und fing an zu lachen.

„Die beste, die du je hattest ..."

„Sie ist besser als die Idee mit den Wendeunterhosen!"

„Und besser als die 12-er-Pack-Unterhosen mit den aufgedruckten Monatsnamen. Mann, war das ein Flop damals!"

Barbaros Ali stützte seinen Cousin und half ihm hoch.

„Die trage ich übrigens gerade."

„Ich habe so etwas schon geahnt. Schon seit ich dich abgeholt habe."

„Wo ist eigentlich unser edles Ross, Rostiger Blitz?"

„Steht im Hof, ich glaube nicht, dass ich noch mal reinkomme."

„Dann lass uns laufen, wir haben ja jetzt Zeit."

„Komm ich helf' dir, gib mir eine Tüte."

Die beiden Cousins schulterten die Tüten und liefen die Einkaufstraße am Rheinhausener Marktplatz in Richtung Duisburg-Hochfeld entlang. Mit den blauen Müllsäcken auf ihren Schultern schleppten sie sich in Richtung Brücke der Solidarität, die die Duisburger Stadtteile Hochfeld und Rheinhausen verband.

„Hast du Hunger?"

„Ja."

„Ich hoffe, du magst Bohnen!"

Kapitel 5, Ein neuer Anfang

Es schien ein ganz gewöhlicher Tag zu werden. Ankara erwachte aus seinem Schlaf. Ein Gemisch aus Getriebe- und Auspuffgeräuschen, sowie einem unerträglichen Hupkonzert durchdrang die Straßen der Einkaufsviertel. Der Fernseher im Schaufenster des Kaufhauses für Elektroartikel am Kizilay Platz stöhnte über die Lautsprecher in die Einkaufsstraße hinein. Seit Tagen beherrschte nur ein Thema die Nachrichten – der erneute Versuch der TUHUD, ein bemanntes Raumschiff ins All zu schießen.

Im Fernsehen lief eine Dokumentation mit Hintergrundberichten zu dem bevorstehenden Start. Interviews mit den Turkonauten wechselten sich mit wissenschaftlichen Beiträgen, technischen Erklärungen und Besonderheiten der Mission ab.

In der Totalen sah man das Raumfahrtzentrum der TUHUD. Die Kamera fuhr langsam zur Startrampe und schwebte die Trägerrakete entlang hoch bis zur NAZAR-II-Kapsel.

Seit dem kleinen Kurzschluss-Malheur waren mittlerweile zwölf Monate vergangen. Ebenso lange war es her, dass Ali Raif und Barbaros Ali einen grandiosen Abgang bei Hay Ran My Ran hatten.

Wir schrieben das Jahr 2014 und die junge Raumfahrtnation Türkei schickte sich an, nun zum zweiten Mal, den ersten bemannten Raumflug vom Raumfahrtzentrum in der Nähe von Ankara zu unternehmen.

Die Vorbereitungen zum Start der NAZAR-II im TUHUD-Zentrum für extraterrestrische Expeditionen waren in vollem Gange. Die Techniker arbeiteten an dem Raumtransporter, während im Kontrollzentrum die letzten Vorbereitungen für den Start liefen, der in wenigen Tagen stattfinden sollte.

Dieses Mal sollte auf das traditionelle Wasserschütten verzichtet werden. Dieses Mal sollte der Start kein Fiasko werden, wie bei der NAZAR (Eins) vor einem Jahr ...

Nun standen wieder zwei festentschlossene Akteure der Menschheitsgeschichte vor der Startrampe. Sie wussten, dass sie nach oben gelangen mussten, um ihren Auftrag zu erfüllen. Sie wirkten wie Wesen von einem fremden Planeten. Die Kameras folgten den beiden auf Schritt und Tritt. Sie hatten eine Aufgabe, die sie gewissenhaft erledigen mussten, ansonsten würde die Mission erneut scheitern.

Die Rampe zu der Startvorrichtung war frisch gestrichen und man erkannte kaum, dass hier mal eine Explosion stattgefunden hatte. Um die Kosten für den erneuten Versuch so niedrig wie möglich zu halten, wurden viele Teile aus dem ersten Start von vor einem Jahr eingesetzt.

Lediglich der Aufzug war nicht mehr aufzufinden gewesen. Diesen hatte sich nach der Explosion, bei der Trümmerteile im Umkreis von mehreren Dutzend Kilometern verteilt worden waren, ein Bauer aus der Gegend unter den Nagel gerissen und sich auf seinem Hof als Toilettenhäuschen für das Plumpsklo aufgestellt.

Beide waren sich der Last auf ihren Schultern bewusst. Sie hatten einen Auftrag, den sie sehr ernst nahmen. Es durfte nichts schieflaufen. Alle Schritte waren bis ins winzigste Detail geplant und unzählige Mal geübt worden.

In ihren Spezialanzügen fuhren sie mit dem Aufzug hoch, liefen an denselben Kameras vorbei wie vor einem

Jahr und trugen ihre Ausrüstung mit Spezialwerkzeugen mit sich.

Oben an der Kapsel angekommen, wurden sie von dem Wachpersonal empfangen und nach dem Zugangscode gefragt. Einer der beiden Turkonauten ... Turkonauten? Nein, dieses Mal waren es nicht die Turkonauten Hakan Boncuk und Avni Degmesin, die Zugang zur Kapsel wollten. Der Start war nämlich erst in 4 Tagen. Es waren Ali Raif und Barbaros Ali, die nun vor dem Wachpersonal standen.

Einer der Wachleute fragte nach dem Zutrittscode und Ali Raif nannte ihn tatsächlich ... Wieso kannte Ali Raif den Zugangscode? Warum konnten die beiden in die Kapsel hinein? Die Antwort auf diese Frage war so einfach wie verblüffend.

Nachdem Ali Raif gefeuert worden war, konnte er zwei Wochen später auf Vermittlung der Arbeitsagentur in einer Reinigungsfirma als Putzkraft anfangen. Kurze Zeit später stieß auch sein Cousin Barbaros Ali hinzu. Diese Firma, die Hay Ran My Ranigungs GmbH für Industrie- und Spezialreinigungen, gehörte Mümtaz Hayran, der Frau von Ismail Hayran.

Sie saß als Geschäftsführerin der GmbH vor und beschäftigte sich mit Reinigungsaufgaben jeglicher Art. Sie widmete sich vor allem der Reinigung von Geldscheinen. Insbesondere der Geldwäsche für ihren Stammkunden, die Hay Ran My Ran GmbH, der ihr Mann Ismail Hayran vorstand.

So weit, so gut, aber wie kamen Ali Raif und Barbaros Ali auf die Startrampe und standen nun sogar vor der Kapsel? Hier kam eine andere Tradition, nennen wir es eine jahrhundertealte Sitte, zum Zuge. Die Vetternwirtschaft.

Dieses ökonomische Modell, das sich in jedem Winkel der Erde wie Unkraut in einem verwilderten Garten durchgesetzt hatte, erlebte insbesondere bei der Vergabe der Reinigungsgewerke für das Raumfahrtzentrum eine nie da gewesene Blütezeit.

Um ihre betrieblichen Ausgaben hoch aussehen lassen zu können, hatte ausgerechnet eine Firma aus Deutschland, nämlich die Hay Ran My Ranigungs GmbH, die weltweite Ausschreibung für die Reinigungsgewerke am Raumfahrtzentrum gewonnen.

Die Tatsache, dass der Projektleiter für die Vergabe der Gewerke und die Erstellung der Ausschreibungen, Mikail Hayran, ein Vetter von Ismail Hayran war, wurde in diesem volkswirtschaftlichen Modell stillschweigend hingenommen. Dieser Umstand war, wie es hieß, systemrelevant.

So, da standen sie nun vor der Kapsel der NAZAR-II, sahen aus wie Raumfahrer, waren aber Reinigungskräfte der Hay Ran My Ranigungs GmbH. Ali Raif und Barbaros Ali wurden für diese Aufgabe bestimmt, weil sie die Einzigen in der Reinigungsbelegschaft waren, die Türkisch und Deutsch konnten und so für die TUHUD-Verantwortlichen als Verbindung zu der Firma in Deutschland fungierten.

Barbaros Ali und Ali Raif standen in weißen Monturen mit eckigen Transportbehältern vor den Wachleuten, die die Kapsel bewachten. In einem kurzen Gespräch wurde der Zugangscode ausgetauscht. Die Wachleute öffneten die Einstiegsluke der Kapsel und gewährten den beiden Cousins Einlass. Ihre Anspannung hatte sich gelöst und sie begaben sich wieder zu der Stelle auf dieser obersten Plattform, wo sie sich ein provisorisches Refugium aus einem Karton, den sie als Tisch nutzten, und zwei leeren 10 Liter Olivenölkanistern, die als Sitzgelegenheiten dienten, geschaffen hatten. Einer von ihnen bot dem anderen Wachmann eine Zigarette an, die er bereitwillig annahm und unverzüglich anzündete, während sein Kollege unter dem Karton ein Backgammonspiel rausholte. Über den beiden Wachleuten baumelte an zwei Ketten ein *Rauchen-verboten-Schild.*

„Was steht es eigentlich?"

„4 zu Null!"

„Was? Für mich aber dann!"

„Dass ich nicht lache, die zwei Mars haben Dir wohl das Gedächtnis zerstört!"

„Komm red' nicht, würfel schon!"

„Uuuund 6er Pasch!"

„Das fängt ja gut an!"

Während vor der Kapsel die inoffizielle Weltmeisterschaft in Backgammon ausgefochten wurde, machten sich Ali Raif und Barbaros Ali bereit mit den Reinigungsarbeiten anzufangen. Die Inbord-Kamera übertrug die Arbeiten ins Kontrollzentrum, wo sie auf einem Überwachungsmonitor zu sehen waren, und nach einem kurzen Kontrollblick durch den diensthabenden Techniker ignoriert wurden. Dieser widmete sich wieder einem Sportwettenmagazin zu, um seine Gewinnchancen bei den nächsten Ligaspielen auszurechnen.

Ali Raif und Barbaros Ali hatten weiße Wollhandschuhe an und fuhren mit ihren Fingern über die beiden Bullaugen an der Seite der NAZAR-Ii um den Staub zu inspizieren. Nun betraten sie die Kapsel und begannen mit den Arbeiten im Innenraum. Ali Raif hielt eine Checkliste ähnlich der der Raumfahrer in der Hand und las vor.

„Reinigungsmittel ACE 24?"

„Reinigungsmittel ACE 23, Check!

Strenge Blicke trafen Barbaros Ali. Sein Cousin war nicht gerade erfreut über die mangelnde Professionalität.

„Guck nicht so böse, Raif Abi, war doch nur ein Scherz. Ich mein natürlich 24 ... ACE 24 ... Reinigungsmittel ACE 24, Check, Raif Abi, bleib doch mal locker!"

„Putzlappen SPL 09?"

„Putzlappen SPL 09, Check!"

„Antistatischer Putzlappen ASPL 12?"

„Moooment, antistaaaatischer Putzlappen ASPL 12, da isser, Check!"

„Eimer BID 10?"

„Eimer BID 10 - uuund Check, Bruder!"

„So, wir haben die Reinigungsmittelcheckliste abgearbeitet. Jetzt wird gereinigt. Und denk daran, den Staub und den Schmutz auf den Knöpfen und Schaltern nur sanft entfernen! Ja keinen der Knöpfe drücken!"

„Ver .... stan ... den!"

„Hör' auf damit!"

„Wo ... mit?"

„Die Roboterstimme, hör' damit auf!"

„Or ... kay, ... orkay ... Verstanden!"

Die Reinigungsprozedur begann. Die verschiedenen Spezialbegriffe für Eimer und Putzlappen flogen in der engen Kapsel nur so hin und her. Die ganze Aktion erinnerte an eine an eine Blinddarm-OP, nur in Zeitraffer. Als sie beendet war, sahen sich Ali Raif und Barbaros Ali nochmal zufrieden um.

„Korrekte Arbeit!"

„Dan ... ke!"

„Hör' auf damit! Lass uns die Sachen einpacken und ab nach Hause!"

Barbaros Ali wirkte plötzlich so nervös. Seine hektischer werdenden Bewegungen verrieten ihn. Offensichtlich hatte er etwas vor, in das er Ali Raif nicht eingeweiht hatte.

„Geh' du schon mal, ich komme nach!"

„Was hast du vor? Wir sind fertig! Hast du irgendetwas vergessen?"

„Ja, äh, ich muss noch, ähem das ASPL 12 noch einmal über die Kameralinse ...!"

„Barbaros Ali, was hast du vor?"

„Nüx!"

„Was hast du da in deiner Jacke?"

„Was meinst du mit `in deiner Jacke`?"

„Das ist doch eine Kamera oder nicht? Du weißt doch, wir dürfen keine Fotos machen!"

„Eine Kamera? Ja, äh, eine Kamera!"

„Ich sage NEIN!"

„Nur für unser persönliches Familienalbum! Es wird keiner wissen, nur du und ich und irgendwann unsere Nachfahren, vertraue mir!"

Barbaros Ali sah seinem Cousin ganz tief in die Augen. Ali Raif verharrte daraufhin in Bewegungslosigkeit und wahrscheinlich in Gedanken. Er kämpfte gegen die schmerzliche Erinnerung in seinem Kopf an, doch er hatte keine Chance. An dieser Stelle braucht nicht mehr erwähnt werden, dass der Robbenbabyblick im vollen Gang war. Es sah so aus, als ob Ali Raif tiefer und immer tiefer in seinen Erinnerungen versank. Er erinnerte sich daran, wie sein Cousin ihm beim Pokern geraten hatte, alle Spielchips auf ein Blatt zu setzen.

Rückblende

Das Hinterzimmer eines Hinterzimmers eines deutsch-türkischen Vereins auf der Wanheimer Straße in Duisburg-Hochfeld. Das Typische eines deutsch-türkischen Vereins ist, dass es nie, aber wirklich nie irgendeinen Deutschen freiwillig in einen solchen Verein verschlägt. Noch nicht einmal aus Versehen. Die einzigen Deutschen, die dort mal reinkommen, sind Mitarbeiter des Ordnungsamts oder der örtlichen Polizeistation.

Im Grunde ist ein jeder solcher deutsch-türkischer Freundschaftsverein eine Art Deckmantel für ein türkisches Café, in dem Fußball aus der türkischen Liga geguckt und, wenn mal kein Fußball aus der besten Liga der Welt läuft, bis in die Morgenstunden gezockt wird.

Zu erwähnen ist, dass die Begrifflichkeit ‚beste Liga der Welt' nur für Anhänger türkischer Vereine Gültigkeit hat, in der übrigen Fußballfachwelt aber kein Begriff ist. Ein Indiz dafür, dass es nicht die beste Liga der Welt ist, ist die Tatsache, dass türkische Mannschaften regelmäßig in den Europapokalbegegnungen schon in den ersten Runden das sportliche Nachsehen gegen Teams aus Moldawien, Liechtenstein, Luxemburg und Albanien haben.

In einem dieser Cafés sitzt Ali Raif nun an einem Pokertisch, der sich in einem Separee hinter dem Nebenzimmer des Hauptsaals befindet. Am Tisch sitzen lokale Zockergrößen mit ihren Sidekicks, die ihnen für ein kleines Salär Getränke, Knabberzeug und ab und an einen Döner von den gefühlt 100 Dönerbuden auf der Wanheimer Straße bringen.

Zu den Schwergewichten der Szene hat sich auch Ali Raif gesellt, flankiert von seinem Cousin Barbaros Ali. Sie haben kein schlechtes Blatt, 2 Damen und 2 Damen sind auf dem Tisch aufgedeckt. Es wird Texas Hold'em gespielt.

„Vertrau mir, Raif, setze alles, was wir haben, die haben nichts in der Hand!"

„Sicher?"

„Ganz sicher!"

„Also gut! ... All in, meine Herren!"

Hier machen wir einen kleinen Zeitsprung. Wir ersparen uns das Unausweichliche in solchen Geschichten. Das Unausweichliche, bei dem es zu schicksalhaften Szenen kommt, in denen gestandene Männer weinen können. Aber jetzt nicht nur so ein paar Tränen, sondern so richtig mit Rotz und Wasser.

Durch das kleine Fenster sieht man, dass es tief in der Nacht ist. Der Mond wird von einigen vorbeiziehenden Wolken verdeckt. Am Tisch sitzt Ali Raif, der vor sich keine Spielchips mehr liegen hat und alle Spielkarten meditativ langsam zu Konfetti zerreißt.

Er hat nur ein Unterhemd und seine Unterhose an. Der Cafébesitzer räumt die letzten Gläser ab. Über der Tür hängt eine Uhr in Form einer Teekanne. Sie zeigt drei Uhr morgens an. Die Spülung einer Toilette ist zu hören. Barbaros Ali kommt aus der Toilettentür heraus. Auch er hat nur sein Unterhemd und seine Unterhose an. Sie haben also wirklich, aber wirklich alles gesetzt.

„Einen Royal Flush, wer hätte das ahnen können? Die haben uns richtig in die Mangel genommen, nächstes Mal ziehen wir sie ab. Komm, Raif Abi, es dürften keine Leute mehr auf den Straßen sein. Lass uns gehen."

„4 Damen, ich glaub' es nicht, 4 Damen und die ziehen uns bis auf die Unterhosen aus. 4 Damen ...!"

Beide gehen durch die Hintertür aus dem Café in den Hof. Katzengeschrei ist zu hören, als Barbaros Ali über die Mauer klettern will und herunterfällt. Ali Raif nimmt die Hoftür, die aufgeschlossen ist. Türkische Standardflüche sind zu hören, während beide die Wanheimer Straße entlanglaufen und in die Fröbelstraße, wo sie beide wohnen, abbiegen.

Ende der Rückblende.

Vor dem inneren Auge von Ali Raif erschien wieder seine Tante, die ihm sagte, dass ihr Barbaros Ali etwas Besonderes sei und er doch bitte auf ihn aufpassen solle. Ali Raif seufzte tief, so wie er es immer tat, wenn er Gefangener seines Gelübdes war.

„Okay, aber nur ein Foto!"

„Du wirst sehen, wir werden die Helden überhaupt sein!"

Barbaros Ali wollte noch ein wenig Zeit gewinnen, um seinen speziellen Plan durchführen zu können. Er wollte zwar Fotos von sich und seinem Cousin schießen, dies sollte aber nur ein Ablenkungsmanöver für das eigentliche Vorhaben sein.

„Los, mach schon, was du machen wolltest und lass uns hier verschwinden!"

„Lass mich noch den Moment genießen! Ich meine natürlich, lass uns noch den Moment genießen!"

Ali Raif schaute sich unruhig um. Er sah die Wachleute an dem Aufzug rauchen und winkte ihnen durch das Bullauge der Kapsel zu, um zu signalisieren, dass alles in Ordnung war. Die Wachen wiederum grüßten zurück. Barbaros Ali sah Ali Raif in die Augen.

„Was ist?"

„Ich dachte nur, wir beide in einem Raumschiff, das glaubt uns niemand!"

„Stimmt, das glaubt uns niemand!"

„Nicht ganz, wir machen ja noch ein Erinnerungsfoto!"

„Aber jeder nur eins, ist das klar? Gib mir die Kamera, ich schieß' das Foto von dir."

„Mach schnell. Und jetzt du! ... und lächeln, na, wo ist das Vögelchen? ... uuuund fertig!"

„Und jetzt wir beide zusammen, wann haben wir schon mal die Gelegenheit so ein Foto zu schießen!"

„Uuuund Cheeeeese... So, das wäre es. Los, lass uns verschwinden."

„Geh du schon mal, ich komme nach!"

Ali Raif stieg aus der Kapsel. Warum sollte er schon mal rausgehen und Barbaros Ali würde nachkommen? Ali Raif wurde wieder misstrauisch. Er sah durch das Bullauge in das Kapselinnere. Was er jetzt sah, konnte er nicht glauben. Barbaros Ali griff abwechselnd in seine Transportbox und in seine Jackentasche. Er holte eine Dose nach der anderen aus der Tasche und platzierte sie in der Kapsel. Ali Raif stürzte in die Kapsel zurück. Er sah, dass sein Cousin Dosen mit der Luftidee auspackte und in der Kapsel verteilte. Ihm wiederum blieb nun die Luft zum Reden weg.

„Sag mal, bist du verrückt? Willst du, dass ich einen Infarkt erleide? Es ging dir also von Anfang an nur um deine Dosen, nicht wahr, nicht um Erinnerungsfotos?"

„Raif Abi, das ist die Chance unsere Idee auf der ganzen Welt bekannt zu machen."

„Barbaros, hör auf damit. Die werden uns dafür feuern. Wenn wir hier raus fliegen, haben ..."

„Wir fotografieren nur zwei, drei Dosen in der Kapsel!"

„Nein! Erinnerungsfotos sind etwas anderes, aber du willst ja damit Reklame machen ... damit fliegen wir auf!"

„Komm schon ... nur eine Dose!"

„Nein, pack' schon die verfluchten Dosen ein, die Wachleute schauen schon misstrauisch."

„Und klick! Hat doch gar nicht wehgetan?"

„Sag mal, spinnst du? Gib mir jetzt die Kamera!"

Die Wachleute wunderten sich, was sich denn da in der Kapsel abspielte. Einer von den Beiden schüttelte die kleinen Würfel in der Hand und wollte zum allesentscheidenden

Wurf ausholen, als der andere aufstand und absichtlich den provisorischen Tisch mit dem Backgammonspiel umkippte, da er keine Chance auf eine Wende im Spiel für sich sah. Er drehte sich zu seinem Wachkumpel um, lächelte hämisch und verlangte nach einer Revanche. Während der eine die Steine aufsammelte, näherte sich der andere der Einstiegsluke.

„Sagt mal, ihr Idioten, ihr raucht doch wohl nicht in der Kapsel?"

„Natürlich nicht! Chef, ist alles in Ordnung. Mein Kollege muss nur noch die Dosen mit den Reinigungsmitteln einsammeln."

„Baut ja keinen Mist!"

Die beiden Wachleute zündeten sich noch mal zwei Zigaretten an und gesellten sich wieder in ihre Ecke unter das *Rauchen-verboten*-Schild.

Ali Raif versuchte nun seinem Cousin die Dosen abzunehmen. Es kam zu einer Rangelei. Als Ali Raif seinem Cousin die Transportbox aus den Händen nehmen wollte, riss der Deckel ab und schlug Barbaros Ali ins Gesicht, während der Rest der Box eine harte Landung auf dem Kopf von Ali Raif hinlegte.

Nun bahnten sich etwas mehr als 50 Dosen gefüllt mit Luft ihren Weg ins Freie, genauer gesagt, in die Enge der Kapsel. Die ganze Kabine war jetzt voller Dosen und sie machten die ohnehin schon beengte Situation zu einer Zone der Unbeweglichkeit.

Ali Raif und Barbaros Ali konnten sich kaum bewegen, ohne dass sie irgendeinen Knopf berührten. Beim Versuch, die Dosen einzusammeln, fiel die Kapseltür zu und ein Schalter, der die Startsequenz initiieren sollte, wurde ungewollt und ohne, dass die beiden es mitbekamen, durch den Hintern von Ali Raif betätigt, der sich in den Fußraum bücken musste, um an eine der Dosen heranzukommen.

Als sich aus Versehen die Dose mit der Duftrichtung *Matschka-Landluft-Stallluft-extrastark* öffnete, hatte Ali Raif nun endgültig die Nase voll. Unter seiner Schädeldecke brannten einige Gehirnzellen durch und verschmolzen neurale Bahnen. Diese Region seines Denkzentrums war für die Selbstkontrolle zuständig.

Der Schlag des Deckels in Kombination mit der speziellen Duftrichtung aus der Dose verursachte nun in seinem Gehirn einen Kurzschluss. Der zweite in der Geschichte der Raumfahrt dieser Nation.

Während Ali Raif sämtliche Energie in seiner Faust konzentrierte, um seinen Cousin mit einem schlagfertigen Argument zur Vernunft zu bringen, versuchte Barbaros Ali noch die allerletzte Chance zu nutzen sein Produkt zu platzieren. Mit der einen Hand hielt er Ali Raif auf Distanz und mit der anderen schoss er auf die Schnelle ein paar werbewirksame Fotos.

Ali Raif musste jetzt seinen Spezialgriff anwenden, der eine bestimmte Fingerstellung voraussetzte, um seine betäubende Wirkung entfalten zu können. Diese Fingerstellung beherrschten nur Gitarrenspieler, die erst 20 Minuten Unterricht bekommen hatten und einige Bruce-Lee-Fans, die wiederum gar kein Instrument spielten.

Als Ali Raif zu seinem Spezial-Betäubungsschlag ausholte, ahnte Barbaros Ali diesen schon voraus und neigte seinen Kopf im letzten Moment zur Seite. Der Schlag ging aber leider nicht ins Leere, sondern in ein Tastenfeld, das hinter Barbaros Ali an der Bordwand befestigt war. Dort, wo keiner unbeabsichtigt den Startcode eingeben können durfte, also dort, wo dieses Tastenfeld eigentlich unmöglich erreichbar sein sollte.

Wie nicht anders zu erwarten war, hatte der Spezialschlag von Ali Raif eine Fingerstellung, die in dieser Kombination die Startsequenz initiierte. Von den beiden unbemerkt, wurde jetzt der Start freigegeben und der automatische stumme Countdown zum Start der NAZAR-II begann.

In einer Minute würde die NAZAR-II unwiderruflich ins Weltall starten. Beide Cousins sanken erschöpft vom Ringkampf in die Schalensitze und atmeten schwer, als sie nun plötzlich ein Klickgeräusch, gefolgt von einem Piepsen, hörten.

„Hast du das gehört?"

„Was war das?"

Kapitel 6, Der unfreiwillige Flug ins All

Im Hintergrund gingen die einzelnen Schalter in der Kapsel an und aus. Ali Raif und Barbaros Ali drehten sich langsam zu den Lichtern um und schauten sich anschließend mit aufgerissenen Augen an.

„So, du Spezialist, jetzt hast du es richtig verbockt, aber so was von!"

Die Geräusche und Lichter der Schalter wurden immer intensiver. Beide schauten in Panik um sich und versuchten die Luke der Kapsel zu öffnen, was aber aus Sicherheitsgründen nicht funktionierte. Wenigstens das klappte also. Durch das Bullauge der Kapsel sahen sie noch, wie die beiden Wachleute in Panik die Treppe hinunterrannten, was die Stimmung in der Kapsel in den Keller riss.

Plötzlich herrschte Ruhe. Es waren jetzt weder Warnsignale zu hören noch gingen irgendwelche Lichter an und aus. Es war anscheinend doch noch glimpflich abgelaufen. Ali Raif floss ein einzelner Schweißtropfen die Schläfe herunter. Barbaros Ali kullerten sie wie ein reißender Fluss die Stirn bis zu den Augenbrauen abwärts, wo sie nach außen gelenkt wurden, um dann auf die Spitzen seines Schnurrbarts zu fallen.

Ali Raif und Barbaros Ali schauten sich gegenseitig an. Sie hatten die Luft angehalten und pusteten jetzt erleichtert aus. Das Ausgasen erfolgte über sämtliche dafür geeigneten Öffnungen. Ihr Puls kam langsam zur Ruhe. Ihre Herzen pochten wieder auf einem normalen Erregungsniveau. Es wurde jetzt so still und ruhig in der Kapsel, dass sie ihr Blut fließen hören konnten.

Doch die Ruhe trog. Plötzlich waren alle Geräusche und Lichtsignale wieder präsent. Noch lauter, noch intensiver als vor 10 Sekunden.

Die beiden Cousins ahnten, dass jetzt etwas seinen unaufhaltbaren Lauf nehmen würde und dass dieser Verlauf der Dinge so ganz und gar nicht in ihrem Sinne war. Barbaros Ali tastete nach der Hand seines Cousins, der vor Schreck erstarrt war, und hielt sie fest. Beide saßen nun regungslos mit offenem Mund und rasenden Herzen in der NAZAR-II fest.

Die Triebwerke der tonnenschweren, mehrstufigen Rakete zündeten. Eine riesige Dampfwolke bahnte sich den Weg zu den Seiten der Startrampe. Mehrere Anker, die die NAZAR-II in der Startvorrichtung hielten, wurden durch kleine Explosionen von der Rakete gelöst.

Die ganze Startprozedur über hatten sich die beiden Cousins kein bisschen bewegt, doch als die Explosionen zu hören waren, fingen beide gleichzeitig mit der Rakete an zu vibrieren und wie auf Knopfdruck auch gleichzeitig an zu schreien. Erst nun fielen auch Kraftausdrücke, die nicht mehr nur in das Standardrepertoire türkischer Flüche fielen. Auch wurden bei diesem Beleidigungsfeuerwerk sämtliche Ahnen, und zwar aller Bewohner der Erde, in einem Abwasch in Mitleidenschaft gezogen.

Die Schalldruckpegel pflanzten sich über die Strukturen bis in die Kapsel fort, in der die Lautstärke nur das geringste Problem war. Die Vibrationen waren so stark, dass Ali Raif und Barbaros Ali durch die Kapsel hin und her geschleudert wurden, weil sie nicht angeschnallt waren. Die NAZAR-II hob ab.

„Schnaaaahahahahalll diiiiich aaaahahaahn!"

Im Kontrollzentrum derweil spielten die Anzeigen verrückt. Zunächst hatte niemand die Vorkommnisse in der NAZAR-II bemerkt, doch als dann die Sirenen den Start ankündigten, stockte dem Missionspersonal der Atem. Alle blickten zögerlich aus dem Fenster zur Startrampe, wo die NAZAR-II sich aus ihrer Umklammerung löste.

Mit dieser Situation hatte niemand gerechnet. Die Ingenieure hatten sämtliche theoretisch möglichen Szenarien monatelang durchgespielt und Lösungen erarbeitet, um mit eventuell auftretenden Problemen klarzukommen. Doch das, was jetzt geschah, stand in keiner ihrer Notfallvorkehrungen. In dem 2000 Seiten umfassenden Master-Notfallplan stand auf der letzten Seite die Anweisung zur Vorgehensweise, wenn nichts mehr helfen würde. Beten! Beten und den Missionschef holen!

Der Chef der Mission, Atakan Gögebakan, musste also unsanft aus seinem Schlaf geweckt werden. Einer der Ingenieure wurde per Losentscheid dazu verdonnert ihn anzurufen, um ihm die Nachricht von dem unfreiwilligen Start der NAZAR-II zu übermitteln.

Das Telefonklingeln rüttelte den Missionschef, der seit Tagen vor Aufregung eh schlecht schlief, aus dem Schlaf, in den er eben hineingesunkenen war, auf. Er hob den Hörer des Telefonapparats ab, der neben seinem Bett stand, und hatte noch schlaftrunken die Augen zu.

„Ja, Gögebakan hier ... Hallo ... Wer ist da? ... Was ist passiert? ... Wollt ihr mich veräppeln? ... Wie - die Rakete startet gerade? ... Das ist doch wohl nur ein schlechter Scherz?"

Der Schlaf war dahin.

Die eigentlichen Piloten, die beiden verhinderten Turkonauten Hakan Boncuk und Avni Degmesin, lagen in ihren Betten des Ruheraums im Trainingszentrum der TUHUD und schliefen ganz fest. Für sie war die Katastrophe ein Jahr zuvor besonders peinlich gewesen, da ihre Ehefrauen nicht ganz unschuldig an der Startmisere waren.

Da sie das Trainingsprogramm schon erfolgreich absolviert hatten, vertraute die TUHUD ihnen auch diesmal die Mission an. Durch das Fenster ihres Schlafzimmers hatten sie immer einen perfekten Blick auf die Startrampe und die NAZAR-II, ihre NAZAR-II.

Als die Hauptrakete zündete, wurden ihre Gesichter hell erleuchtet. Als dann auch noch der Schub auf Maximum stieg und die NAZAR-II unter lautem Knarren und Ächzen abhob, wanderte der Lichtkegel, der von den Antrieben kam und die ganze Gegend in ein gleißend helles Licht eintauchte, über die Gesichter der Turkonauten.

Der Lärm, das Licht, der Dampf, was für ein Traum, dachten sich die beiden. Doch die Eindrücke waren so real, dass ihre Augen aufgingen und sie mit einem Mal hellwach waren. Sie sprangen aus ihren Feldbetten und schauten sich ungläubig an.

Was sie jetzt durch das Fenster sahen, machte sie fassungslos. Sie sahen wie ihre NAZAR-II, ihr Schiff, ihr Traum, ihr Schicksal scheinbar wie von Geisterhand geführt im Nachthimmel verschwand.

Zur gleichen Zeit sah man die Lichter von einigen Übertragungswagen angehen. Sie hatten sich in der Nähe des Startplatzes positioniert. Die Reporter, die seit Tagen von dem bevorstehenden Start berichteten, wurden durch den ohrenbetäubenden Lärm geweckt.

Im so genannten Pressezentrum, einem Acker, auf dem die Übertragungswagen der Sender nebeneinander parkten, herrschte helle Aufregung, da alle von dem nun unvorhergesehenen Start völlig überrascht wurden.

Der Reporter, der den Start für das staatliche Fernsehen kommentieren sollte, trat in Unterhemd und der typischen weißgrau gestreiften Pyjamahose völlig durcheinander vor die Kamera. Er war natürlich unrasiert und hatte eine Frisur, die sehr stark vermuten ließ, dass er auf der linken Seite geschlafen hatte. Profi, der er war, fing er trotzdem sofort mit seiner Livereportage an.

Alle Kameras folgten der NAZAR-II in den Nachthimmel eines schönen Septembertages 2014, der durch dieses Ereignis erst zu einem besonderen wurde.

Kapitel 7, Das TUHUD-Kontrollzentrum außer Kontrolle

Langsam entschwand die NAZAR-II aus den Blicken der Kameras und alle Reporter stürmten in ihre Übertragungswagen. Sie fuhren in das TUHUD-Kontrollzentrum, um zu erfahren, was eigentlich los war und warum sie nicht rechtzeitig über den Start informiert worden waren.

Die Turkonauten und der Missionschef kamen zeitgleich mit den Reportern an die Tore des Kontrollzentrums. Der Sicherheitsdienst erkannte den Missionschef Gögebakan und öffnete das Tor, um nur ihn und die Turkonauten einzulassen, doch der Druck der nachrückenden Bild- und Printjournalisten war zu groß. Jetzt drangen alle ins Zentrum und folgten dem Missionschef, der, von den beiden Turkonauten flankiert, ohne Umwege zu den Computersteuerungen hastete, von denen aus die Mission einige Tage später hätte kontrolliert werden sollen.

Das mit unzähligen Monitoren bestückte Herz des Kontrollzentrums war mit genauso vielen sprach-, wie ratlosen Missionsmitarbeitern bevölkert. Atakan Gögebakan blickte in die stummen Gesichter im Raum, doch keiner wagte es, auch nur irgendetwas zu sagen.

„Wer kann mir um Himmels willen erklären, was hier los ist? Wie kann eine Rakete selbstständig starten?"

Ein kleines Fotoblitzlichtgewitter brach über dem Missionschef aus. Die Journalisten zückten ihre Aufnahmegeräte und hielten sie ihm vor die Nase. Stille breitete sich aus. Keiner wagte es als Erster etwas zu sagen. Wussten sie doch, dass die cholerischen Anfälle ihres Chefs oft mit der Kündigung ihren krönenden Abschluss nehmen konnten.

Einer der Techniker, der relativ neu im Team war, also seinen Chef nicht so intensiv erlebt hatte, überwand seine Scheu und trat aus der Menge hervor. Die Journalisten bemerkten den Techniker und schwenkten die Aufnahmegeräte vor dessen Nase. Erneut brach ein Blitzlichtgewitter aus. Diesmal über dem Techniker.

„Sie ist nicht selbstständig gestartet!"

„Wie bitte?"

„Die NAZAR, die NAZAR-II, sie ist nicht von alleine gestartet! Die Rakete wurde aus der Kapsel heraus gezündet!"

Ein Pingpong- Spiel mit Aufnahmegeräten und Blitzlichtern begann. Hakan Boncuk und Avni Degmesin schnappten sich den Techniker und fragten ihn aus. Die anderen Mitarbeiter standen nun im Kreis um die drei herum. Die Journalisten hielten nun ihre Aufnahmegeräte vor die beiden Turkonauten.

„Aber wie kann das sein, wir sind doch beide hier?"

„Die Rakete kann nur über eine bestimmte Prozedur gestartet werden, die aus Sicherheitsgründen jeden Tag geändert wird. Mehrere Verschlüsselungsmaschinen mit unterschiedlichen, voneinander unabhängigen Algorithmen berechnen Teile des Codes dieser Prozedur, die dann aus einer Zahlenkombination besteht. Dieser Code wird täglich neu zur Verfügung gestellt. Es ist quasi für Computer schon fast unmöglich diesen Code zu knacken, geschweige denn für Menschen. Es ist auch für uns unerklärlich, wie dies dennoch geschehen konnte!"

Der Missionschef, der sich mittlerweile auf einen Stuhl setzen musste, witterte Sabotage. Das könnte der endgültige Karriereknick für ihn sein, ach was sein, das war das endgültige Aus für ihn, dachte Atakan Gögebakan sich in diesem Moment.

Nach dem Missgeschick vor einem Jahr mit der NAZAR-Mission, deren Leitung er übertragen bekommen hatte, hätte dies seine letzte Chance sein sollen, um sich zu rehabilitieren. Jetzt war klar, dass es mit der Rehabilitierung nichts werden würde. Zumindest wollte er jetzt, bevor er endgültig seine Koffer packen musste, noch erfahren, wie wieder so eine Katastrophe geschehen konnte.

„Kann man das vom Kontrollzentrum aus machen?"

„Nein, eine spezielle Sicherheitsvorrichtung, die wir eingebaut haben, muss erst eine Freigabe geben. Der Start kann nur mit einer bestimmten Tasten- und Schalterkombination begonnen werden."

„Ja aber, ... Ist denn da jetzt jemand drin in der Kapsel?"

Als der Techniker gerade antworten wollte, meldete sich einer der Journalisten und wollte, dass er mit seiner Antwort noch warten solle. Alle schauten zu dem Journalisten, der wiederum die Kassette seines Aufnahmegerätes tauschte, weil sie voll war. Als die Kassette gewechselt war, drehten sich alle zum Techniker um, der sich von dem verhinderten Journalisten nun per Blickkontakt die Freigabe, antworten zu können, holte. Die Freigabe kam in typisch orientalischer Manier, mit zur Seite gesenktem Kopf und 2 Sekunden geschlossenen Augen.

„Ja!"

Nun schauten alle zum Missionschef, der mittlerweile seine Krawatte gelockert hatte, um besser Luft zu bekommen.

„Wer?"

„Wir wissen es noch nicht!"

Der Techniker nahm den Hörer des Telefons ab, der eine Verbindung zur Kapsel hatte und gab sie dem Missionschef. Alle Mitarbeiter, die Turkonauten, die Journalisten und einige vom Reinigungspersonal rückten näher hin zum Missionschef, der den Telefonhörer ganz zögerlich zu seinem Ohr führte. Er vernahm nur das unvermindert andauernde Schreien der beiden unfreiwilligen Weltraumpiloten, Barbaros Ali und Ali Raif. Er hörte ihnen einige Sekunden zu und legte mit völlig versteinertem Gesicht den Hörer weg.

„Wer sind sie?"

„Wir haben da eine Vermutung, aber eine Bestätigung fehlt noch!"

„Haben wir eine Bildübertragung aus der Kapsel?"

„Wir arbeiten daran, die Leitung kann nur von der Kapsel aus freigegeben werden."

„Sind das Saboteure, Amerikaner, Griechen, Russen?"

„Wie gesagt, wir haben noch keine Bestätigung, aber ..."

„Aber was?"

„Es sind zwei von unseren Leuten!"

„Turkonauten?"

„Nein!"

„Von der RKP-Einheit!"

Hakan Boncuk, der Kommandant der Turkonauten, der die ganze Zeit ruhig war, mischte sich jetzt ein. Er hielt den Techniker am Kragen fest.

„RKP-Einheit? Was bedeutet das?"

„RKP steht für Raum-Kapsel-Putzdienst!"

Hakan Boncuk, dem jetzt gerade bewusst wurde, dass er zum zweiten Mal den Flug verpasst hatte, bekam ganz weiche Knie und musste sich setzen.

Alle schauten Atakan Gögebakan an, der jetzt etwas entscheiden musste. Auch er saß auf einem Stuhl. Eine Assistentin brachte ihm etwas zu trinken, eine andere legte ihm ein nasses Tuch über die Stirn. Einige Techniker massierten ihm die Hände. Er nahm einen kräftigen Schluck Wasser und spuckte es wieder aus.

„Das ist ja Wasser! Ich brauche jetzt etwas anderes!"

Der Techniker, an dessen Tisch der Chef saß, verstand sofort. Alsbald öffnete er eine Schublade und holte eine Flasche Raki raus. Alle im Kontrollraum schauten ihn entgeistert an.

„Was schaut ihr so? Der war für den Fall, dass wir einen erfolgreichen Start hingelegt hätten!"

„Komm erzähl' nicht, schütt' mir schon ein!"

Der Techniker öffnete die Flasche, die schon angebrochen war, und schenkte seinem Chef in ein Teeglas von dem Entspannungselexier ein. Der wiederum trank das Mittel in einem Zug, verzog das Gesicht und schlug sich mit der Faust mehrmals auf die Brust.

„Danke!"

Der Erste Offizier, Avni Degmesin, der neben dem Missionschef saß, raufte sich die Haare.

„Was sollen wir machen, auf so eine Situation wurden wir nicht vorbereitet?"

Atakan Gögebakan stand im Brennpunkt der fragenden Blicke. Jeder im Kontrollzentrum starrte ihn an und erwartete eine Entscheidung. Der Missionschef zeigte mit einer fast mystisch wirkenden Geste in Richtung des Technikers, der ihm den Raki gegeben hatte. Dieser, nun im Zentrum der Neugier gefangen, war völlig erschrocken, als auch alle anderen ihn anschauten.

Der Chef zeigte ihm nur sein leeres Teeglas und forderte den Techniker auf dieses wieder zu füllen. Dem Techniker fiel ein Stein, ach was - ein Felsen vom Herzen. Er füllte das Glas und zog sich in den Schutz der wartenden Menge zurück. Auch dieses volle Teeglas wurde binnen einer Sekunde in ein leeres verwandelt. Begleitet von einem dicken Seufzer, verfiel der Missionschef in einen tiefen Diskurs mit sich selbst. Er weinte dabei.

„Ich hätte den Laden meines Vaters übernehmen sollen, so wie es mir vorgeschlagen hatte. Keine Probleme mit Fehlstarts, keine Probleme mit dem Reinigungspersonal. Nur Tomaten, rote und grüne Tomaten, Melonen und Konserven. Und nun? Ich bin für das größte Fiasko in der Raumfahrtgeschichte verantwortlich ...!

Der Missionschef lief zwischen den Technikern und den Journalisten im Kontrollraum herum und überlegte kurz. Die bewusstseinserweiternde halluzinogene Wirkung des Getränks setzte sich kurzzeitig durch und der Chef schnappte sich den erstbesten Journalisten und hakte sich bei ihm ein.

„Nein, das darf nicht wahr sein! Das ist nicht wahr! Ich durchlebe im Moment nur einen Traum ... Wenn dies aber ein Traum ist, kann ich ihn so verändern, wie ich will ... z. B. will ich, dass du ... eine Maus wirst ... du solltest eine Maus werden. Bist du aber nicht!? Mist! Dann ist dies wohl doch kein Traum?!"

„Nein, ist es nicht!"

Unbemerkt von den Vorkommnissen im Kontrollzentrum liefen die vollautomatischen Orbitsannäherungen der NAZAR-II an. Am Ende des Abnabelungsprozesses stand die Absprengung der letzten Stufe, gefolgt von der Positionierung der Kapsel durch die Steuerdüsen in die vorgesehene Umlaufbahn.

Jede Abkoppelung bzw. Absprengung der Triebwerksstufen beschleunigte die NAZAR-II mit einem heftigen Ruck. Jeder heftige Ruck führte dazu, dass das Geschrei in der Kapsel lauter wurde.

Da sich die Kapsel um die eigene Längsachse drehte, kamen nun die Dosen, die Barbaros Ali in aller Eile eingesammelt hatte, kullernd wie freudige Welpen, die man aus dem Sack gelassen hatte, aus der Tasche heraus und schwebten wie kleine Satelliten um sie herum.

„Wir haben jetzt eine Bildübertragung!"

Schlagartig wurde der Missionschef wach, nicht nüchtern, nur wach. Alle, er voran, stürzten zum Bildschirm. Was sie sahen, ließ alle Anwesenden noch ratloser zurück, als sie es sowieso zuvor schon waren. Im Inneren der Kapsel saßen zwei ihnen Unbekannte und sie zeigten kein Verhalten, das darauf schließen ließ, dass sie Herr der Lage wären.

Ali Raif und Barbaros Ali, die unfreiwilligen Piloten, schrien immer noch. Da es nur eine Bildübertragung gab, konnten alle anderen Anwesenden im Kontrollzentrum das Geschrei nicht hören.

Der Techniker mit dem Raki, der im Schutz der allgemeinen Verwirrung unbemerkt selber auch einen Schluck aus der Flasche nahm, gab dem Missionschef sein Schwanenhalsmikrofon. Atakan Gögebakan war jetzt der Einzige im Raum, der auch eine Tonübertragung aus der Kapsel hatte. Er deutete dem Techniker an, dass er die Lautstärke runterdrehen sollte. Der Techniker drehte an einem Drehknopf und das Geschrei verstummte. Gögebakan holte den Techniker zu sich.

„Wie können wir uns bemerkbar machen? Sie hören uns anscheinend nicht!?

„Es gibt einen zentralen Monitor in der Mittelkonsole, darauf können wir eine Nachricht senden. Die müssten sie sehen."

„Dann schreiben sie: Hier … Kontrollzentrum, … bitte geben … Sie sich … zu erkennen, … nein, nein, bitte … schalten Sie die … Kommunikationseinheit ein … und hören … bitte, bitte, bitte ... hören Sie auf zu schreien."

Der Techniker tippte die Nachricht ein, die im Kommunikationsmonitor der Kapsel erschien.

„Welchen Knopf müssen sie drücken, damit sie uns hören können?"

„Es ist ein blaugelber Kippschalter oberhalb des Monitors. Wenn sie den betätigen, steht die Audioleitung!"

„Schreiben Sie den beiden das bitte!"

„Ich bezweifle, dass sie in der Patsche, in der sie jetzt sitzen, überhaupt irgendetwas mitbekommen."

„Schreiben Sie einfach! Schreiben Sie es mehrmals hintereinander!"

Der Techniker tippte die Nachricht mehrmals in den Kommunikator ein und verschickte sie zur Kapsel in den Orbit.

„Erledigt!"

In der Kapsel erschienen die Botschaften von der Erde. Barbaros Ali entdeckte die Nachrichten als Erster und machte, immer noch unentwegt schreiend, Ali Raif, der auch noch keine Schreipause eingelegt hatte, auf den Monitor aufmerksam. Der wiederum zeigte auf den Monitor und blickte schreiend zu Barbaros Ali zurück.

Beide hörten abrupt auf zu schreien, als sie die Botschaft zu Ende gelesen hatten. Auch den Kippschalter fanden sie und stellten die Ton- und Bildübertragung zum Kontrollzentrum her. Ali Raif, völlig mit den Nerven am Ende, meldete sich als Erster.

„Kann uns jemand hören?"

Barbaros Ali blickte in den Monitor und dachte, dass die Kapsel mit ihnen reden würde.

„Liebes Raumschiff, wir, wir können nichts dafür, wir haben hier nur sauber gemacht, ich schwöre!"

Am Boden griff sich der Missionschef ein Mikrofon.

„Hier spricht Atakan Gögebakan, ich bin der Missionschef. Wer seid ihr beide überhaupt?"

„Kann man unsere Gesichter sehen?"

„Ja!"

„Sie wissen also schon, wer wir sind?"

„Ja, ich will das nur aus euren Mündern hören, damit ich weiß, dass ich nicht träume!"

„Wir gehören zur Putztruppe und haben die Kapsel sauber gemacht! Mein Name ist Ali Raif Kalem und das ist mein Kollege Barbaros Ali Garip!"

„Wir, wir können nichts dafür, wir haben nur die Kapsel sauber gemacht. Hier, der BID 10 und der ASPL 24!"

„Schon gut, schon gut! Unsere schlimmsten Vermutungen haben sich also bewahrheitet. Was sind das für Gegenstände, die in der Kapsel herumschweben?"

Barbaros Ali versuchte die Dosen zu verstecken, was ihm in der Schwerelosigkeit aber nicht gelang. Ali Raif schaute seinen Cousin vorwurfsvoll an und schnappte nach einer Dose.

„Ach das, das sind, wie soll ich es sagen? Putzmittel, ja Putzmittel."

„Wollt ihr mich auf den Arm nehmen? Das sind doch keine Putzmittel!"

„Okay, okay, sind sie nicht!"

„Ja, was denn dann?"

„Wenn es geht, würde mein Kollege Ihnen das in einer ruhigen Minute erklären wollen, nicht wahr Barbaros?"

„Ja, entschuldigen Sie, ich erkläre es Ihnen in einer ruhigen Minute."

Der Missionschef signalisierte dem neben ihm sitzenden Avni Degmesin, dass er doch bitte die Tonübertragung auf

Stumm schalten sollte, damit unsere unfreiwilligen Passagiere nicht mitbekämen, was er jetzt besprechen wollte.

Er rief alle Missionsassistenten zu sich. Die Funkverbindung zur Kapsel wurde allerdings nur in Richtung Kontrollzentrum stumm geschaltet. In der Kapsel konnte man sehr wohl mitbekommen, was unten besprochen wurde.

„Also, gut! Zunächst einmal, denke ich, dass heute mein letzter Arbeitstag sein wird. Dennoch will ich versuchen noch mit Stil aus der ganzen Angelegenheit rauszukommen. Wir haben eine Raumkapsel auf dem Weg in den Orbit. Zwei Turkonauten, allerdings nicht in der Kapsel, sondern neben mir hier und stattdessen zwei Putzkräfte in der Kapsel. Ich brauche jetzt Vorschläge!"

Nach und nach meldeten sich zwei Missionsmitarbeiter und einer der Turkonauten.

„Notsprengung!"

„Ja, Notsprengung!"

„Notsprengung? Bin ich auch dafür!"

Entgegen den Anweisungen war ja die Audioübertragung in die Kapsel nicht unterbrochen, sodass Ali Raif und Barbaros Ali den Vorschlag der Techniker und des Turkonauten mitbekamen. Sie fingen wieder an zu schreien, was über die Bildübertragung zu sehen war, aber eben nicht zu hören.

„Bitte keine Notsprengung, bitte, bitte keine Notsprengung, wenn wir zurück sind, werden wir auch für den Schaden aufkommen, nicht wahr, Raif Abi!?"

Einer der Techniker bemerkte die Panik in der Kapsel.

„Ich glaube, sie können uns hören!"

„Schaltet die verdammte Kommunikation ab!"

Ein Techniker zog einfach die Strippe des Mikrofons aus der Audiobuchse und zeigte sie dem Missionschef.

„Können sie uns noch hören?"

„Nein, wir können sie zwar sehen und hören, aber sie können uns nur noch sehen!"

„Ich muss überlegen, komm Atakan, denk nach, denk nach!"

Ein Journalist, der die ganze Zeit dabeigestanden hatte und von dem Gespräch Notizen machte, meldete sich zu Wort.

„Sie wollen also die NAZAR-II einfach in die Luft sprengen, die Mission, die unserer Nation so viel bedeutet, scheitern lassen und die beiden in den Weltraum blasen? Lassen Sie die armen Vögel doch leben! Können die beiden nicht die Mission durchführen? Das wäre zwar so, als ob Sie Affen in den Weltraum geschickt hätten, ja gut, untrainierte Affen ... aber was solls? Holen Sie die beiden schrägen Vögel lebend runter!"

Alle schauten den Journalisten vorwurfsvoll an, als ob er etwas völlig Absurdes gemacht hätte, sich nämlich neben der Mission auch um die beiden unfreiwilligen Raumfahrer zu sorgen.

„Ich mein' ja nur!"

Atakan Gögebakan schaute in den Monitor, auf dem die beiden Cousins zu sehen waren, und überlegte. Er suchte nach dem Strohhalm, an den er sich klammern wollte. Diesen hatte ihm unfreiwillig der Reporter geliefert.

„Ich habe eine Idee …! Sicherheitsdienst, 2, 4, … 8 Leute brauche ich!"

Mitarbeiter des Sicherheitsdienstes bahnten sich den Weg zum Missionschef durch das Durcheinander aus Reportern, Putzkräften und Missionsassistenten.

„Wie können wir Ihnen helfen?"

Atakan Gögebakan flüsterte dem Sicherheitsdienst etwas ins Ohr. Der schaute erst sehr ungläubig, doch der Missionschef flüsterte ihm noch etwas ins Ohr und er nickte zustimmend mit dem Kopf.

Er beriet sich kurz mit seinen anderen Kollegen und plötzlich griffen jeweils vier Sicherheitsleute je einen Turkonauten. Sie schleppten Hakan Boncuk, den Kapitän, und Avni Degmesin, den Ersten Offizier, unter ihrem lauten Protest aus dem Kontrollzentrum in ein Nebengebäude, wo sie in eine Besenkammer eingesperrt wurden.

Die Sicherheitsleute kamen zurück und ‚baten' die anwesende Presse das Kontrollzentrum zu verlassen, nicht ohne sich zu vergewissern, dass alle Bilder und Tonaufnahmen gelöscht wurden, da ansonsten die Mission gefährdet werden könnte.

Alle, bis auf den vorlauten Reporter, verließen mehr oder weniger freiwillig den Raum und wurden zum Ausgang begleitet. Atakan Gögebakan versuchte nun der Bodenmannschaft seinen Geistesblitz, der nun in einen Plan mündete, zu erklären.

„Wir werden versuchen, die Mission mit den beiden durchzuführen."

Gögebakans Mitarbeiter verstanden nicht richtig, doch sie taten so, als ob sie den Gedanken ihres Chefs folgen konnten. Dem Reporter, der sich wunderte, warum sie ihn nicht auch nach draußen befördert hatten, wurde jetzt bewusst, dass er den Missionschef auf diese Idee gebracht hatte.

„Wie bitte?"

„Sie bekommen die Exklusivrechte an der Story, wenn Sie bis zum Abschluss der Mission dichthalten … einverstanden?"

„Was ist, wenn ich auf den Deal nicht eingehe?"

„Besenkammer, da können Sie die beiden verhinderten Turkonauten wochenlang interviewen!"

„Herr Gögebakan, Sie wissen, wie man Leute überzeugt! Ich bin dabei!"

Ali Raif und Barbaros Ali hatten in der NAZAR-II die ganze Unterhaltung im Kontrollzentrum verfolgt, teilweise mit Bild und Ton, teilweise nur mit Bild. Unbemerkt von dem Bodenpersonal verzerrte plötzlich die Übertragung aus der Kapsel. Die Bilder aus der Kapsel fingen an zu flackern und waren dann ganz weg. Als ob die Leitung zwischen der NAZAR-II und dem Kontrollzentrum gekappt worden sei.

„Steht die Bildleitung in die Kapsel wieder? Ich will mich mit den Jungs unterhalten!"

Kapitel 8, Der Zeitsprung

Während unten auf der Erde im Kontrollzentrum Atakan Gögebakans Idee Gestalt annahm, nahm im Weltall etwas anderes Gestalt an. Direkt vor der NAZAR-II geschah etwas äußerst Ungewöhnliches. Vor der Raumkapsel bildete sich für einen Bruchteil eines Bruchteils einer Sekunde ein Riss in der Raum-Zeit, eine temporäre Anomalie.

Diese kurzzeitige Anomalie sollte eigentlich unbemerkt einer Gruppe geschäftiger Außerirdischer aus der Zukunft als Tor ins Jahr 1969 dienen. Ihr Raumschiff, ein Schiff der Tempus-Klasse, die *Plusquamperfekt*, konnte durch die Zeit reisen. Die Besatzung, Bonizen vom Sternensystem Hyper aus der Andromeda-Spiralgalaxie, war auf dem Weg Geschichte zu schreiben, genauer gesagt Geschichte umzuschreiben.

Laut ihren Navigationssystemen durfte sich bei ihrer Reise durch die Zeit kein anderes Raumschiff auf der Zeitachse an der Stelle befinden, an der sich das Zeittor in Form einer Anomalie kurzzeitig auftat.

Was sie nicht berechnen konnten, war der verfrühte Start der NAZAR-II, die rein zufällig mit ihren Orts- und Zeitkoordinaten, genau, aber so was von genau, hinter dem fremden Raumschiff auftauchte, als diese in einem Bruchteil eines Bruchteils einer Sekunde aus einer fernen Zukunft kommend durch das Jahr 2014 nach 1969 reiste.

Die NAZAR-II geriet in den Zeitstrudel des fremden Raumschiffs und wurde unbemerkt von diesem im Schlepptau mit ins Jahr 1969 gezogen. Auch im Kontrollzentrum wurde jetzt das plötzliche Verschwinden entdeckt.

„Sie ist weg! Herr Gögebakan, sie ... sie ... sie ist weg ...“

„Was ist weg?“

„Die Kapsel ist weg, einfach verschwunden, das Radar zeigt einen leeren Raum an dem Ort, wo sie sein sollte …!“

„Geben sie mir das Mikrofon! Hallo NAZAR-II, bitte melden! ... Hallo NAZAR-II, bitte melden, hier ist das Kontrollzentrum! ... Jungs! Könnt ihr mich hören, ich bin es, euer Atakan Abi?“

Als der Missionschef keine Antwort bekam, schaute er sich das Radar an. Doch an der Stelle, an der die NAZAR-II zu sehen sein sollte, war nichts. Nur leerer Raum. Er schaute auf einen anderen Monitor und dann nochmal auf einen weiteren, doch die NAZAR-II blieb verschwunden.

Während im Kontrollzentrum völlige Ratlosigkeit herrschte, durchschritt die NAZAR-II im Schlepptau des Bonizenschiffs das Portal in eine andere Zeit.

In der Kapsel sah Barbaros Ali, wie sich das Gesicht seines Cousins in die Länge zog und wieder platt gedrückt wurde. Er hörte seinen Namen, hallend und lang gezogen, immer und immer wieder. Zwischendurch hörten beide eine alte Frau lachen. Sie hörte sich wie eine Gruppe Hyänen an. Eine Herde Ziegen zog vor ihren Augen vorbei. Surreale Bilder umgaben Barbaros Ali und seinen Cousin.

Wer kennt sie nicht, diese grotesken Gesichtsausdrücke, wenn man durch die Zeit reist?! Die Kapsel erschien zum Teil transparent und man konnte sehen, wie sich die Erde sehr schnell drehte, allerdings verkehrt herum. Die Uhr in der Kapsel spielte verrückt. Die gelben Leuchtziffern brannten permanent.

Vor den Augen Ali Raifs liefen Bilder aus seiner Kindheit ab. Irgendwie lief alles rückwärts. Ereignisse aus dem Weltgeschehen erschienen ihnen bruchstückhaft an den Stellen, an denen die Kapsel transparent war.

Die Wände der Kapsel materialisierten sich wieder und die Bilder verschwanden. Die Erde drehte sich nicht mehr so schnell. Sie stoppte und drehte sich wieder in die richtige Richtung mit der richtigen Geschwindigkeit. Die Hektik der Bilderflut wich einer geradezu meditativen Ruhe.

„Was war denn das nun schon wieder?"

„Das war ich jetzt aber nicht!"

Ali Raif schaute aus dem Bullauge, weil er die Erde nicht sehen konnte. Er sah jetzt auf das Bonizenschiff. Barbaros Ali beugte sich zu seinem Cousin und schaute auch aus dem Bullauge der Kapsel. Er sah, dass sich über ihnen ein anderes Objekt befand.

„Was ist das?"

„Ich glaube, das ist die Rettungsmission für uns. Aber wie schnell haben sie denn das organisieren können?"

„Das sind unsere Jungs, haben an alles gedacht!"

„Ich glaube nicht, dass das unsere Jungs sind!"

„Wieso nicht?"

„Das ist nicht ‚türkisch Style'. Ich glaube nicht, dass das unsere Jungs sind und ich glaube schon gar nicht, dass sie an alles gedacht haben ...!"

„Sind es Amis, Chinesen, Russen ... Inder, sag' schon!"

„Es sind ... es sind ... keine Ahnung, ich sehe keine Flaggen oder Symbole!?"

Beide sahen jetzt, dass das fremde Schiff mit fremdartigen Schriftsymbolen bemalt war.

„Es sind die Chinesen."

„Woran hast du das denn erkannt?"

„Also, wenn ich eins nicht kann, dann ist das die chinesische Schrift. Also, folglich muss es chinesisch sein, ist doch logisch Cousin."

„Also deine Logik möchte ich haben. Ich glaube, das ist nichts Irdisches …!"

„Was denn sonst?"

„Ich weiß es nicht! Vielleicht ein Asteroid oder so was?"

„Mit chinesischen Symbolen? Raif Abi, ich weiß nicht, wie es dir geht, aber ich habe keine Lust mehr, das wird mir langsam zu viel hier!"

„Das sind keine Chinesen, das sind Aliens!"

„Was denn für Aliens? So alienmäßige Aliens? So richtige Aliens?"

„Na schau mal, es ist im Weltraum, es ist riesig, es hat irgendwelche Symbole, die wir nicht kennen, es bewegt sich, es wird eine Besatzung haben …"

„Vielleicht erlauben die sich unten nur einen Scherz mit uns? Vielleicht wollen die uns nur einen Denkzettel verpassen? Verdient hätten wir es ja!"

„Warte mal, da passiert jetzt was!"

Das Schiff der Bonizen wurde langsamer. Plötzlich tauchte eine weitere Raumkapsel vor dem außerirdischen Schiff auf. Eine sowjetische Weltraumkapsel, die auf dem

Weg zum Mond war. Unter dem Rumpf des Bonizenschiffs öffnete sich eine Luke, aus der sich eine Art Stachel entfaltete, dessen Kopf rot zu leuchten anfing.

„Was ist das für ein Ding unter dem Ding da?"

„Vielleicht eine Antenne oder so was, ich weiß es nicht!"

Ali Raif und Barbaros Ali beobachteten die Szene durch das Bullauge der NAZAR-II, die sich so hinter dem außerirdischen Schiff platziert hatte, dass sie sich in einer Art totem Winkel befand und von den Bonizen nicht bemerkt wurde.

Nun wurde die sowjetische Kapsel von dieser Vorrichtung, die aus dem Bonizenschiff herausguckte, mit tentakelartigen Armen eingefangen und an das Schiff herangezogen. Den beiden Cousins stockte der Atem, als sie sahen, was sie sahen.

Der rote Kopf änderte seine Farbe in ein helles, gleißendes Weiß und öffnete sich wie eine Knospe. Aus der Knospe kam eine überdimensional große Zangenvorrichtung und umklammerte die sowjetische Kapsel. Mit einem kleinen Ruck zerdrückte diese Vorrichtung das sowjetische Schiff. Wie Semra die Dosen, dachte sich Barbaros Ali in diesem Moment. Die Kapsel zerbrach.

Am Bullauge der NAZAR-II flog ein Stück der sowjetischen Kapsel vorbei. Hammer und Sichel waren deutlich zu erkennen und die Kennung in Kyrillisch LOK-LK, was die beiden aber nicht lesen konnten, da sie nicht nur kein Chinesisch konnten, sondern auch kein Kyrillisch beherrschten. Auch glaubten die beiden Cousins kurzzeitig, die sowjetische Nationalhymne gehört zu haben.

Beide schauten jetzt regungslos aus dem Bullauge, wie die Trümmer langsam an ihnen vorbeischwebten. Der Schreck stand den beiden Cousins ins Gesicht geschrieben.

Vor ihren Augen wurde die Mondexpedition der Sowjets von einer außerirdischen Macht sabotiert.

Das Bonizenschiff setzte sich mit der NAZAR-II im Schlepptau in Bewegung und näherte sich einer anderen Kapsel. Ali Raif sah die Kennung der Kapsel. Es war die Lande- und Kommandoeinheit der Apollo 11-Mission, die gerade auf dem Weg zum Mond war.

Barbaros Ali sah auf die Uhr- und Datumsanzeige, die 19. Juli 1969 20:13 Uhr anzeigte. Das Bonizenschiff griff sich auch die Apollo 11 und zerquetschte sie vor den Augen von Barbaros Ali und Ali Raif.

„Was für ein Film läuft denn gerade hier ab, was ist das für ein Mist?"

„Ich weiß es nicht, Cousin, ich weiß es nicht. Ich weiß nur, dass wir jetzt so richtig im Arsch sind, aber so richtig diesmal!"

„Aber Raif Abi, das konnte ich nicht ahnen, also schau nach draußen, also das konnte ich nun wirklich nicht ahnen!"

„Darüber sprechen wir noch."

Ali Raif und Barbaros Ali waren unfreiwillig Zeugen geworden, wie Geschichte umgeschrieben wurde. Die Sowjets und die Amerikaner waren im Wettlauf zum Mond von einer seltsamen Macht angegriffen worden. Die Mondlandung der Apollo 11 fand somit gar nicht statt. Barbaros Ali und Ali Raif ahnten noch nicht, dass die Ereignisse, die sie beobachteten, weitreichende Konsequenzen für die Erde haben würden.

Barbaros Ali, der sich wieder in einem Tagtraum wähnte, fühlte sich plötzlich wie benebelt in seltsam berauschter Stimmung. Wie immer, wenn er sich in so einer unangenehmen Stimmungslage befand, versuchte er sich aus dieser durch Schließen der Augen zu befreien.

„Weißt du was, Raif Abi?! Ich schließe jetzt die Augen und wache aus diesem Traum auf, ganz einfach."

„Mach, was du willst, ich glaube ich halluziniere oder bin auf irgendeinem Trip ...!"

„Raif Abi, was Besseres fällt mir jetzt nicht ein. Ich schließe meine Augen, so wie mir der Arzt das immer empfohlen hat. Hoffentlich kann ich mich noch an Details erinnern, das ist echt ein irrer Traum, so real."

Barbaros Ali schloss die Augen, in der Hoffnung aus dem Albtraum einfach zu erwachen. Ali Raif grinste einfach nur, weil er dachte, er wäre auf einem Trip der besonderen Art. In der Kapsel schwebten die Dosen mit der Pressluft um sie herum, während an der NAZAR-II die Trümmer der Apollo 11-Mission sowie der sowjetischen LOK-LK Kapsel vorbeiflogen.

Barbaros Ali konnte sich nicht in Schlaf versetzen und tastete mit geschlossenen Augen nach der Hand von Ali Raif.

„Du, Raif Abi!"

„Was gibt es, Alter?"

„Irgendwie komme ich aus dem Traum hier nicht raus."

„Das liegt an den Trümmern, die wir ab und zu rammen."

„Ist das nicht komisch?"

„Ja, das ist komisch!"

„Was denn für dich?"

„Normalerweise müsste jetzt ein Einhorn auftauchen und mir Seifenblasen aus der Nase ziehen, es heißt Djezko. Djezko hat sich nie verspätet. Sag mal, Barbaros, sind wir betrunken oder so was?"

„Nein, nicht, dass ich wüsste. Ist dir nicht aufgefallen, dass wir dasselbe träumen?"

„Verdammt, du hast recht!"

Schlagartig waren beide hellwach. Sie tasteten die Kapsel ab, als ob sie sichergehen wollten, dass sie echt wäre. Sie sahen auf den Monitor, wo Funkstille herrschte.

„Sag mal, gibt es nichts auf dem Monitor? Der Gögebakan meldet sich nicht mehr, ... gibt es irgendeinen Regler zum Schärferstellen?"

Barbaros Ali drehte an einem Knopf. Plötzlich gab der Monitor ein Lebenszeichen von sich. Zunächst ein Fiepsen, gefolgt von einem Ächzen. Langsam baute sich ein schwarz-weißes Bild auf. Ein Mann an einem Pult war schemenhaft zu sehen.

„Raif Abi, schau, Atakan Abi, der Missionschef meldet sich!"

„Justier' die Sicht, ... ich höre nichts, geht das nicht lauter?"

„Warte ... ich habe es gleich ... so, jetzt ist auch Ton da."

„Das ist aber nicht Atakan Abi!"

Was die beiden auf dem Monitor sahen, war die Rede des amerikanischen Präsidenten Richard Nixon 1969 an die Nation für den Fall, dass die Mission der Mondlandung misslungen wäre.

Kapitel 9, Richard Nixons unveröffentlichte Rede zur Nation

W as weder die Weltöffentlichkeit noch die Astronauten der Apollo 11-Mission damals wussten, war, dass das Weiße Haus sich auf ein mögliches Misslingen der Mission vorbereitet hatte. Unter anderem mit einer fertigen Traueransprache an die Nation, die US-Präsident Richard Nixon im Fall eines Scheiterns der Mission gehalten hätte.

So hatte sich die Regierung der Vereinigten Staaten auch auf diese Eventualität vorbereitet. Im Folgenden ein Auszug aus dieser Rede, die auch von Ali Raif, der in der Volkshochschule mal einen Englischkurs belegt hatte, weil er die Lehrerin anbaggern wollte, verstanden und seinem Cousin übersetzt wurde.

«Das Schicksal hat bestimmt, dass die Männer, die zum Mond flogen, um dort in Frieden zu forschen, auf dem Mond bleiben werden, um dort in Frieden zu ruhen. Jeder Mensch, der in künftigen Nächten zum Mond aufschaut, wird wissen, dass es einen Winkel einer anderen Welt gibt, der für immer zur Menschheit gehört.»

„Was sollen wir jetzt bloß machen?"

„Woher soll ich das wissen? Ich weiß es nicht! Wieso haben sie die Kapsel der Sowjets zerstört und wieso gibt es oder besser gab es diese sowjetische Kapsel, die Sowjetunion gibt es doch seit Jahrzehnten nicht mehr?"

Barbaros Ali hörte der Übersetzung zu und verstand das, was er aus dem Mund von Ali Raif hörte, nicht so richtig. Er schaute nur ungläubig und tippte auf die Ziffern der Datums- und Uhranzeige.

„Barbaros!"

„Ja?"

„Die Uhr ist nicht kaputt!"

„Was?"

„Die Uhr, sie ist nicht kaputt, wir sind in einer anderen Zeit gelandet!"

„Was denn für eine andere Zeit?"

„Wir sind im Jahr 1969, kurz vor der Mondlandung der Apollo 11, die es jetzt allem Anschein nach nie geben wird."

Kapitel 10, Zurück in die Zukunft, der Zeitsprung in das Jahr 2014

Das Raumschiff der Bonizen drehte sich und setzte seine Mission fort. Es flog Richtung Zeitportal, aus der es gekommen war. Meldungen in der Kommandoebene der *Plusquamperfekt*, dass sich das Gewicht des Raumschiffes um 0,0001 Prozent geändert hatte, wurden von den Bonizen auf kleine Raum-Zeit-Schwankungen zurückgeführt.

Sie interpretierten diese Schwankungen als Energie-zu-Materie-Phänomen, das bei Zeitreisen schon mal vorkommen konnte. Dieses Phänomen beschrieb den Effekt, dass bei der Umwandlung des Treibstoffs nicht alle berechneten Parameter zeitgleich abliefen und die nicht verbrauchte Energie sich wieder in Materie verwandelte. Dies kam nicht bei jeder Zeitreise vor und konnte daher nie eingehend untersucht werden.

Die NAZAR-II folgte dem riesigen Schiff in gewohnt ungewollter Manier. Vor der *Plusquamperfekt* entstand ein Riss, wieder eine Anomalie in der Raum-Zeit, durch die die Bonizen reisen mussten, um das Ergebnis ihrer 'Bemühungen' zu betrachten. Ihrem Schicksal ergeben, was sollten sie auch sonst machen, folgten Ali Raif und Barbaros Ali in der NAZAR-II dem Bonizenschiff durch die Zeit. Diesmal ging die Reise zurück in die Zukunft, ins Jahr 2014.

Während der Zeitreise verzerrte sich die Wahrnehmung der beiden Cousins wieder. Die Gesichter zogen sich in die Länge und wurden wieder platt gedrückt. Ihre Gliedmaßen wurden exorbitant lang und verkürzten sich wieder. Die Herde Ziegen tauchte wieder auf und die alte Frau, eine Schamanin anscheinend, lachte wieder. Die Bordwand wurde transparent und Ereignisfragmente aus der Historie erschienen an den Stellen, an denen die Wand durchsichtig war.

Auf einem dieser Fragmente konnten sie erkennen, dass sich die USA und die UdSSR bei einer Sondersitzung der Vereinten Nationen gegenseitig Vorwürfe machten. Jede Seite beschuldigte die andere, die Mondmission der jeweils eigenen Seite sabotiert zu haben.

Die Situation eskalierte, als Nixon eine Minute länger sprach, als ihm eingeräumt wurde. Die anschließende Debatte über die Überziehung der Anhörung dauerte drei Stunden und erinnerte an einen Streit unter Kindern. Das 'Nee-du-nee-du-nee-ihr-immer-ein-Mal-mehr-als-wir-Streitgespräch' mündete in einer handfesten Prügelei zwischen den beiden Kontrahenten Nixon und Breschnew. Sämtliche anwesenden Staatsoberhäupter wurden mit in diesen Konflikt hineingezogen, ob sie wollten oder nicht.

Der so genannte Austausch der Argumente glich einer riesigen Kneipenschlägerei, bei der zwischen den verschiedensten Parteien im Saal wohl auch die Chance ergriffen wurde, alte Rechnungen zu begleichen.

Nicht nur, dass die Debatte im Sicherheitsrat mit einer fürchterlichen Prügelei endete und sich sämtliche Länder nun feindlich gegenüberstanden, es kam auch noch nebenbei und beiläufig zum Atomkrieg zwischen den beiden Militärblöcken. Der Dritte Weltkrieg brach aus.

Ali Raif sah aus dem Bullauge die sich schneller als sonst drehende Erde und wie plötzlich überall auf ihr Atompilze wuchsen. Zunächst nur vereinzelt, doch dann weltumgreifend.

Aus den Bullaugen konnten die beiden Cousins die anschließende Verdunkelung der Atmosphäre beobachten.

Aus dem blauen Planeten wurde ein grauer, schmutziger, mit Wolken bedeckter Ball.

Nachdem alle atomaren Arsenale zum Einsatz gekommen waren und so ziemlich jedes Leben, ob tierisch, pflanzlich oder menschlich, vernichtet wurde, brach der so genannte atomare Winter auf der Erde aus und vernichtete im Verlauf der folgenden Monate auch alle Kleinstlebewesen, wie Bakterien, Algen und Pilze. Sämtliches Leben, sämtliche Vegetation und alles, was nur im Entferntesten an die Existenz des Menschen erinnern konnte, war nun von der Erdoberfläche verschwunden.

Die Jahrzehnte flogen nur so in Minuten vor den Augen der beiden Cousins vorbei. Ali Raif und Barbaros Ali klebten an der Scheibe und konnten nichts tun, um die Erde zu retten.

Sie schauten auf die Datumsanzeige und merkten, dass sie sich einem Ziel näherten, zeitlich zumindest. Die Erddrehung verlangsamte sich. Die *Plusquamperfekt* hielt am 23. September des Jahres 2014 an.

Warum hatten die Bonizen das gemacht? Sie reisten durch die Zeit in die Vergangenheit um die Mondmissionen der Supermächte zu sabotieren, flogen wieder durch die Zeit zurück in die Zukunft und hatten eine Erde vor sich, die überhaupt nichts mehr mit der Welt zu tun hatte, die Ali Raif und Barbaros Ali unfreiwillig verlassen hatten.

Das Bonizenschiff, die *Plusquamperfekt*, lag im Orbit in Lauerstellung. Auf der Erde wehten Winde, die denen auf dem Jupiter ähnelten. Nur wenige Minuten und eine erste Expedition auf die Oberfläche der Erde würde erfolgen. Die Bonizen wollten sehen, ob ihr Plan, die Erde frei von allem Leben zu machen, Erfolg gehabt hatte.

Als die *Plusquamperfekt* in den Sinkflug ging und die NAZAR-II mit sich zog, öffneten sich über Ali Raif und Barbaros Ali Staufächer, aus denen die Raumanzüge von Hakan Boncuk und Avni Degmesin, den beiden Turkonauten, herausfielen.

„Ich glaub', das Schiff fällt auseinander!"

„Barbaros, zieh' dir den Anzug an, schnell!"

„Mist, Mist, Mist, hoffentlich nimmt das ein gutes Ende!"

Beide zwängten sich in die Raumanzüge, was bei der Enge der Kapsel, den umherfliegenden Dosen und den nicht unbedingt passenden Konfektionsgrößen nicht gerade einfach war.

Ein Rumpeln begann und die *Plusquamperfekt* drang in die Atmosphäre der Erde ein. Die NAZAR-II hatte durch ihre Position hinter dem Bonizenschiff rein zufällig das Glück, nicht den gewaltigen Reibungen zwischen Weltraum und der Erdatmosphäre ausgesetzt zu sein, was sie bei der Sinkgeschwindigkeit der *Plusquamperfekt* mit Sicherheit zerstört hätte.

Die Landung erfolgte an einem unwirtlichen Ort, in Bielefeld. Genauer gesagt da, wo vor langer Zeit mal Bielefeld gewesen war. Das Bonizenschiff bremste kurz vor der Oberfläche ab. Drei Beine aus dem Rumpf der *Plusquamperfekt* fuhren vor dem Aufsetzen heraus und sorgten für eine elegante Landung.

Die NAZAR-II hielt den Trägheitskräften nicht stand, löste sich von der *Plusquamperfekt* und rumste vor ihre Füße, rollte sich wegen ihrer Keilform zwei Mal hin und her und blieb dann mit den Bullaugen nach unten gerichtet liegen. Erst jetzt kamen die drei Landeschirme aus der Spitze der

NAZAR-II herausgeschossen, entfalteten sich und legten sich wie ein Schleier auf die Kapsel.

Ali Raif sah auf dem Monitor, dass sie zwar auf der Erde gelandet waren, jedoch diese nicht mehr so war, wie sie sie verlassen hatten. Der Computer meldete, dass es außerhalb ihrer Kapsel nur 13 Lebewesen gab, aber darüber hinaus kein Leben und keine Vegetation mehr existierte.

Ali Raif versuchte etwas zu erkennen, doch aus den Bullaugen sah er nur pulverigen Sand und Schotter. Barbaros Ali war mehr vor Aufregung als durch den Aufprall ohnmächtig geworden. Er wurde von seinem Cousin wachgerüttelt.

„Wach auf, Barbaros, wir sind da!"

„Sind ... sind wir tot?"

„Noch nicht, aber bald ...!"

„Setz' den Helm auf, sicher ist sicher!"

„Den hätten wir vor dem Aufprall tragen sollen, ich hab' mir den Schädel angestoßen."

„Geht's?"

„Ja, eine meiner Dosen hat den Stoß gedämpft."

Jetzt hatte auch das Bonizenschiff die blinden Passagiere entdeckt. Eine Landeluke öffnete sich und ließ eine Rampe herunterfahren. Sie schob sich in den Schotter, wobei durch diese kinematischen Aktionen die NAZAR-II zur Seite weggedrückt und aufgerichtet wurde. Jetzt saßen die beiden Cousins wenigstens richtig herum, konnten aber dennoch nicht klar nach draußen sehen, weil die Landeschirme der Kapsel die Sicht verdeckten.

Zwei Gestalten schickten sich an, die Rampe der *Plusquamperfekt* herunterzukommen. Ali Raif und Barbaros Ali sahen durch die Bullaugen und die Ballonseide der Schirme, wie diese Gestalten aus dem Lichtkegel des Schiffes auf sie zukamen. Beide starrten, ohne sich zu bewegen, leise und schwer atmend durch das runde Glas und die Ballonseide, die zwischen ihnen und dem ersten Sichtkontakt mit Außerirdischen standen.

Die beiden Expeditionsbonizen blickten vor sich auf die NAZAR-II, die sozusagen ein wenig mitgenommen aussah. Mit trockenen Mündern, weit aufgerissenen Augen und rasenden Herzen hielten sich die beiden unfreiwilligen blinden Passagiere an den Händen. Der Sekundenanzeiger stampfte sich durch die Wahrnehmung der beiden wie ein schwerfälliger Riese durch den Wüstensand.

Als die Sicht sich verdunkelte, stockte beiden der Atem und es schien, dass ihre Herzen in diesem Moment aufgehört hatten zu schlagen. Eine Hand tastete sich wie die Beine einer Spinne langsam auf die Ballonseide zu und legte sich auf das Bullauge über dem Kopf von Barbaros Ali. Er rückte mehr zur Seite seines Cousins und umarmte ihn fest. Eine Hand mit drei Fingern, sehr langen Fingern, griff jetzt nach den Landeschirmen der NAZAR-II und schob sie zur Seite um den Blick in die und aus der Kapsel zu erlauben.

Als die Schirme den Blick freigaben, versuchten sich Barbaros Ali und Ali Raif unauffällig zu verhalten, was nicht klappte, da immer wieder irgendwelche umherliegenden Dosen bei den geringsten Bewegungen scheppernde Geräusche machten.

„Barbaros, mach' die Augen zu!"

„Hab' ich doch schon die ganze Zeit!"

„Stell dich tot!"

„Mach' ich doch schon die ganze Zeit!"

Die beiden fremden Wesen blickten durch die Bullaugen in die Kapsel. Die drei langgliedrigen Finger entpuppten sich als außerirdische Zange, die die Aliens benutzten, um sich nicht dreckig zu machen. Ali Raif traute sich als Erster durch die Bullaugen zu blicken.

Durch einen schmalen Schlitz seiner Augen sah er, Ali Raif, zum ersten Mal in der Geschichte der Menschheit, der bekannten Geschichte der Menschheit, einem Außerirdischen ins Gesicht. Diesen heroischen Moment kleidet man normalerweise mit etwas wie 'Ein kleiner Schritt für den Menschen, aber ein großer Sprung für die Menschheit'-Satz aus, doch während Ali Raif noch überlegte, welchen sinnreichen historischen Satz er sagen sollte, öffnete Barbaros Ali seine Augen und ergriff die Initiative.

„Waaaas Lan, was?"

„Barbaros, was machst du da?"

„Raif Abi, ich versuche, dir das Leben zu retten!"

„Mit Waaas Lan, was? Die machen sich jetzt bestimmt in die Hosen. Denen hast du es ja richtig gegeben."

Die beiden Bonizen hoben die verdunkelten Visiere ihrer Helme hoch. Sie hatten keine freundlichen Gesichter. Zumindest keine, die in unserem Sinne als freundliche Gesichter durchgegangen wären.

Ihre Statur ähnelte der der Menschen. Beine, Arme, ein Kopf und sogar Hände mit mehreren Fingern ließen vermuten, dass sie eine gewisse Ähnlichkeit mit Menschen und eine ähnliche Evolution durchwandert hatten. Ihre Gesichtshaut schien schuppig zu sein. Einen weiteren großen anatomischen Unterschied hatten sie in der Brustregion. An der Stelle, wo man ein Herz hätte vermuten können, gab es nur ein fußballgroßes Loch, sodass es möglich war, durch sie hindurch hinter sie zu gucken.

Die beiden Bonizen traten einen Schritt zurück, sodass Ali Raif und Barbaros Ali sich zu den Bullaugen bücken mussten, um etwas zu sehen. Sie sahen, wie die beiden Bonizen sich stritten. Es sah zumindest so aus, als ob sie dies taten. Einer der beiden fuchtelte mit den Armen - so, als ob er dem anderen irgendeinen Fehler vorwerfen würde.

Er zeigte auf die NAZAR-II und anschließend auf den anderen und die Vermutung lag nah, dass er ihm menschliches, ähm, außerirdisches Versagen vorwerfen würde. Der andere wiederum zeigte auf die NAZAR-II und auf sich selbst und schüttelte den Kopf, als ob er sagen wollte, dass er sich diesen Schuh nicht anziehen würde.

„Ich werd' bekloppt, Raif Abi, die prügeln sich gleich!"

„Ich weiß nicht so recht, aber glücklich scheinen die nicht darüber zu sein uns zu sehen!"

„Scheiß Rassisten!"

Die beiden Außerirdischen gingen streitend die Rampe hoch, die sich dann hinter ihnen wieder zufaltete. Die Ladeluke schloss sich und unsere beiden Cousins beobachteten wie die *Plusquamperfekt* von der Erde abhob, die Landebeine einzog und ins Weltall startete. Sie ließ Ali Raif und Barbaros Ali auf der nun fast menschenleeren Erde zurück. Die sahen dem fremden Raumschiff noch einige Minuten hinterher, bis sie nur noch einen winzigen Punkt im Sternenhimmel verschwinden sahen.

„Ich weiß nicht, ob ich das jetzt gut finden soll oder nicht?"

„Raif Abi, zumindest habe ich sie in die Flucht geschlagen, diese feigen E.T.s, ... jaha, nicht mit uns!"

„Ein toller Held bist du, kannst stolz auf dich sein!"

„Meinst du das ernst?"

„Nein!"

Da saßen sie nun, unsere Helden. Eingeschlossen in der NAZAR-II, auf einem Planeten, der mal ihre Heimat war und zu allem Überdruss auch noch in Bielefeld. Als sie ihre Helme an ihre Raumanzüge angedockt hatten, öffnete sich automatisch die Kapsel und sie konnten endlich aussteigen. Sie schauten sich um, konnten aber nichts Vertrautes erkennen. An ihren Raumanzügen waren Informationsbildschirme montiert, die audiovisuelle Nachrichten ausgaben. Die erste Information, die auf dem Display erschien, war, dass die Atmosphäre sich in weniger als in einem Tag auflösen würde.

„Sind wir tot?"

„Noch nicht, Barbaros, aber bald …!"

Barbaros Ali hockte sich in den grauen Schotter und schaute in die Ferne.

„Raif Abi!"

„Ja?"

„Wir haben es also tatsächlich getan. Ich meine wir Menschen!"

„Ja!"

„Wir haben uns also selber und alles andere Leben auf der Erde in den Atomwinter gebombt und ausgelöscht!"

„Nichts ist mehr da, kein Baum, keine Stadt ..."

„Keine Blumen, keine Musik, kein Fenerbahce."

„Kein Fenerbahce? Na, dann hat es sich ja gelohnt!"

„Was sollen wir jetzt machen, Raif Abi?"

„Es gibt Momente, wo auch dein Raif Abi nur noch blöd aus der Wäsche gucken kann."

„Ist das jetzt so ein Moment?"

„Ja, das ist jetzt in der Tat so ein Moment. Du kannst aber machen, was du willst. Der ganze Planet Erde liegt dir zu Füßen! Was wird deine erste Amtshandlung sein, Herrscher der Welt?"

Barbaros Ali sprang unter den verwunderten Blicken seines Cousins auf und rannte einen kleinen Hang hoch. Dort zog er seinen Raumanzug aus und pinkelte. Er zog seinen Anzug wieder an und rollte, weil er gestolpert war, diesmal den Hang wieder runter.

„Das musste sein!"

„Wenn ich es nicht besser wüsste, würde ich denken, dass du ein Philosoph bist. Aber, da ich dich kenne, weiß ich, dass du nur pinkeln musstest."

Der Mond kam auf und er sah an diesem Abend ein wenig trauriger aus als sonst immer. Beide hatten sich aus einigen Taschenlampen eine Art Lagerfeuer gemacht. Es wärmte sie zwar nicht, aber das war den beiden auch egal. Sie lehnten sich an die NAZAR-II und schliefen ein.

Am nächsten Morgen wurde Ali Raif durch einige Sonnenstrahlen geweckt, die sich hinter der NAZAR-II her auf sein Gesicht geschlichen hatten. Er schaute sich um und er wusste, dass er nicht träumte. Neben ihm lag sein Cousin, der noch schlief, was er an dessen Schnarchen merkte. Plötzlich sah Ali Raif, dass Barbaros Ali keinen Helm trug und er somit keine lebenswichtige Atemluft mehr haben konnte. Er rüttelte seinen Cousin auf, der noch schlaftrunken aufstand.

„Du trägst keinen Helm!?"

„Ich trage keinen Helm? Du trägst auch keinen Helm!"

„Wir tragen beide keine Helme! Ich glaube, jetzt sind wir wirklich tot Cousin!"

„Wir sind tot?"

„Hast du schon vergessen, wo wir sind und vor allem wann wir sind?"

„Keine Ahnung, was du da redest und wo wir gerade sind, aber ich hatte einen merkwürdigen Traum, den muss ich dir erzählen."

„Wir haben einen Fehlstart mit der Rakete hingelegt, trafen Aliens, Atomkrieg, Zeitreise usw.?"

„Ja, und das war alles so real! Du hast die ganz Zeit geheult, aber ich bin immer cool geblieben!"

„Cool geblieben? Ohne Zweifel, du hast geträumt!"

„Sag', Raif Abi, wo sind wir hier eigentlich? Mir brummt der Schädel. Haben wir wieder mit einer Flasche Raki die Nacht zum Tag gemacht?"

„Barbaros, Barbaros Ali Garip … Cousin, es ist kein Traum! Schau dir die Helme an und hinter uns die Kapsel, die NAZAR-II … und ich glaube, wir sind auch noch nicht tot."

Barbaros Ali wurde langsam wach. Er schaute sich um und nahm die Situation nun erst richtig wahr.

„Ab… ab… aber das … sind ja die …!"

„… die Helme! Das Merkwürdige ist, dass wir laut unserem Computer jetzt tot sein müssten!"

„Sind wir aber nicht! Nicht wahr? Raif Abi, sag‘, dass wir nicht tot sind!"

„Sind wir nicht, Kleiner! Aber ich überlege die ganze Zeit, warum wir es nicht sind?"

„Weil ihr euch in einem Kraftfeld befindet, das ich um euch und euer so genanntes Raumschiff gelegt habe!"

Kapitel 11, Die Begegnung mit Nova

Ali Raif wusste nicht, dass die Stimme, die er hörte, nicht die seines Cousins war. Warum sollte er das auch denken? Das fremde Raumschiff hatte sie zurückgelassen und sie waren die ganze Zeit alleine. Aber irgendetwas stimmte nicht ...

„Was ist mit deiner Stimme? Was erzählst du da?"

„Das Gleiche wollte ich eigentlich dich fragen!"

„Ich habe nichts gesagt!"

Sie schauten sich um, aber sie waren allein, weit und breit niemand, so dachten sie. Aber irgendetwas war doch in ihrer Nähe, ganz in ihrer Nähe. Hatte noch jemand die Katastrophen überlebt, die die Erde ertragen musste? Ali Raif stand vor seinem Cousin und schaute ihn an, als sie wieder diese Stimme hörten.

„Ich bin hier, hinter euch!"

Beide erschraken und drehten sich ruckartig um. Sie sahen aber nur einen Felsen, aus dessen Richtung die vermeintliche Stimme zu hören war. Ali Raif gab seinem Cousin ein leises Zeichen und beide stürzten sich von beiden Seiten hinter den Felsen, wo sie jemanden oder etwas vermuteten. Doch außer, dass sie beide mit den Schädeln zusammenrasselten, gab es nichts Besonderes dort.

Plötzlich hörten sie ein Lachen. Es war das Lachen, das sich mit dem Lachen der alten Frau vermischte, der Schamanin, die sie gehört hatten, als sie die unfreiwilligen Zeitreisen gemacht hatten.

„Ihr seid lustig, Erdlinge."

„Wer spricht da?"

„Es ist der Felsen!"

„Wir halluzinieren! Ich habe mal davon gehört, dass man bei Sauerstoffmangel anfängt zu fantasieren!"

„Ja, aber Barbaros wir können doch nicht dieselbe Fantasie haben!?"

„Du hast Recht!"

Plötzlich stand ein Kind hinter ihnen. Ein Mädchen mit grünen Haaren, in denen kleine gelbe Sonnenblumen und Sterne steckten. Es hatte ein rundes Gesicht mit unzähligen Sommersprossen und befand sich nun an der Stelle, an der mal der Fels stand. Es hatte ein braunes und ein blaues Auge, trug eine braune Latzhose aus Cord, einen gelben und einen grünen Gummistiefel und an seiner Hand baumelte ein Korb.

„Ja, er hat Recht! Bzw. nicht mehr! Ich bin es, die zu euch redet."

Jetzt glaubte Ali Raif, dass er endgültig durchdrehte und kniff Barbaros Ali in den Arm.

„Barbaros, siehst du auch das kleine Mädchen?"

„Aua! Ja, sehe ich!"

„Geh mal zu ihr hin!"

„Nee, geh du, ich habe Angst!"

„Ich bin in friedlicher Absicht hier. Ihr braucht vor mir keine Angst zu haben!"

Sie blickten sich verwundert an und näherten sich langsam dem kleinen Mädchen. Sie knieten sich vor das Kind, um mit ihm in Augenhöhe sein zu können.

„Sag mal, Kleines, wer bist denn du?"

„Nova!"

„Nova? Ja, was machst du denn hier?"

„Ja, wie bist du hierher gekommen?"

„Die Frage ist eher, wie seid ihr hierher gekommen?"

„Deine Stimme, sie klingt so komisch …!"

„Ich kann sie verändern, wenn ihr wollt?"

„Nein, nein, das brauchst du nicht! Sag mal, was bist du eigentlich? Bist du so eine Art Data von Star Trek?"

„Data von Star Trek? Sagt mir nichts. Ist das ein Adeliger?"

„Bist du eine Maschine, eine Art menschlicher Roboter?"

„Nein! Ich bin ein Formwandler, ich komme aus einer anderen Galaxie … aus einer anderen Zeit."

„Du bist was?"

„Ich bin ein Formwandler! Aus einer anderen Zeit und einer anderen Galaxie!"

Nova verwandelte sich unter den verwunderten Augen unserer Helden in andere Gegenstände und Personen, doch ihre Stimme blieb jedes Mal dieselbe. Mal wurde sie zu einem roten Würfel mit lila Punkten, mal zu einer

Flamencotänzerin, mal zu einem Schmetterling, mal zu einem Fahrrad und ein Mal sogar zu John Lennon.

Sie fragte die beiden, welche Form sie endgültig annehmen solle. Beide entschieden sich für die Form des kleinen Mädchens, weil sie ihnen in der kurzen Zeit am vertrautesten war.

„Wie gesagt, mein Name ist Nova, wie heißt ihr!"

„Ali Raif Kalem."

„Ich heiße Barbaros Ali Garip, kannst mich Barbaros Ali, Barbaros oder nur Ali nennen."

„Das kann ich mir merken. Zwei Alis also!?"

„Sozusagen!"

„Kannst du uns erklären, was hier gerade mit uns geschieht?"

„Ja, genau! Was ist aus unserem Planeten passiert? Das ist doch die Erde, oder nicht?"

„Ja, in der Tat, das ist sie oder das, was ihr Menschen daraus gemacht habt."

„Wir sollen das gemacht haben? Aber warum? So wahnsinnig sind wir doch nicht, oder?"

Nova schaute sich die beiden letzten ihrer Spezies an und zögerte kurz mit ihrer Antwort.

„Meine Intelligenz erlaubt es mir nicht, darauf zu antworten!"

Ali Raif verstand den Hinweis. Die Menschheit war schon in der Lage so etwas Bescheuertes durchzuziehen. Sie hatte es in ihrer Geschichte bei unzähligen Selbstversuchen, die sie Kriege nannten, bei denen Milliarden ihresgleichen ausgelöscht wurden, sehr wohl bewiesen, dass sie so wahnsinnig ist.

„Ich kann es nicht glauben, dass wir unseren Planeten selber in diesen Zustand gebracht haben!"

Nova öffnete vor ihnen eine Art Fenster in der Luft, einen Monitor, auf dem Bilder von Atombombern, U-Booten, Kriegsschiffen, von Leid und Elend und Explosionen liefen.

„Einige haben überlebt, aber sie wurden innerhalb von zwei Jahren dahingerafft. Wir haben nun das Jahr 2014 nach eurer Zeitrechnung. Seit ungefähr 45 Jahren gibt es kein Leben mehr auf diesem Planeten."

Nova holte ein kleines Notizbuch aus dem Korb und blätterte herum. Sie schaute sich den Himmel an und rechnete vor sich hin.

„Wir stehen hier genau auf der Stelle, wo mal, wie heißt der Ort noch mal, wo mal ..."

„Bielefeld!"

„Bielefeld war, danke!"

„Gibt es keine anderen Überlebenden?"

„Nein, nur euch beide. Es liegt an euch, euren Planeten wieder mit euresgleichen zu bevölkern."

„Also, wenn ihr Aliens glaubt, dass wir beide wie Adam und Eva ... da sage ich euch, das wird nicht funktionieren ... wir werden es noch nicht einmal versuchen, das ist definitiv das Ende der Menschheit!"

„Sag mal, Barbaros, was faselst du da herum?"

„Keine Ahnung, was du damit meinst, aber wir, das sind die Mitglieder der GREEN PLANETS, werden euch versuchen zu helfen. Wir beobachten nämlich schon seit einiger Zeit das Schaffen der Bonizen."

„Der Bonizen?"

„Ja, Bonizen, ein unangenehmer Zusammenschluss von verschiedenen Spezies, die den Sinn ihres Daseins darin sehen rücksichtslose Geschäfte zu machen. Sie sind der Meinung, dass sie das Recht haben einen Planeten zu annektieren und die Ressourcen auszubeuten, so wie es ihnen gefällt."

„Das sind also die Bösen?"

„Ja, wenn man es so vereinfacht sagen will, dann ja, sind das die Bösen!"

„Und du? Gehörst du auch zu den Bösen?"

„Ich hoffe nicht! Ich gehöre zu den Guten, denke ich!"

„Du hast gesagt, dass du uns helfen willst. Wie willst du das machen?"

„Das ist ein wenig kompliziert."

Nova lief, in Gedanken versunken, kurz in dem Kraftfeld herum, hockte sich nieder und zeichnete einige Kreise, Dreiecke und eine Art Zeitstrahl in den Schotter.

„Ich komme aus derselben Zeit wie die Bonizen, die euch hier abgesetzt haben. Doch ich bin kein Bonize. In dieser anderen Zeit sind die verschiedenen Spezies in den Vereinten Planeten vertreten. Ihr gehören fast alle bekannten Planeten an. Diese verfügt über einen galaktischen Verwaltungsapparat. Die anfänglichen Ambitionen, allen Wohlstand, Frieden und Glück zu bringen, wurden durch Interessenkonflikte im Keim erstickt, sodass die Vereinten Planeten handlungsunfähig wurden."

„Das kommt mir bekannt vor."

„Überall das Gleiche ...!"

„Aber wie konnte es geschehen, dass wir jetzt hier sitzen?"

„Ihr seid ungewollt bei einem Zeitsprung mitgerissen worden. Als die Bonizen ins Jahr 1969 gereist sind und dort den atomaren Weltkrieg verschuldet haben, habt ihr euch zufällig an der Stelle befunden, an der die *Plusquamperfekt* der Bonizen für kurze Zeit erschienen ist. Ihr seid im Jahr 2014 nach eurer Zeitrechnung auf deren Reise aus dem Jahr 2442 nach 1969 mitgenommen worden. Wie gesagt ungewollt. Das ist so unwahrscheinlich, dass ein neues Wort dafür erfunden werden musste. Wir sagen Aligorie dazu. Ihr wart halt zur falschen Zeit am falschen Ort."

Ali Raif stand auf und lief herum. Das war alles zuviel auf einmal. Barbaros Ali befiel kurzzeitig ein Heulkrampf, er kam aber nicht über die Tränenhürde.

„Nova, du meinst also nichts, was uns lieb und teuer war, absolut gar nichts, existiert mehr?"

„Jep! So ist es, leider!"

„Aber wieso machen diese Bonzen oder wie sie heißen das?"

„Sie sind rücksichtslose, raffgierige Geschäftemacher aus der Zukunft, die riesige Verbrechen begehen und ungestraft davonkommen. Laut der interplanetarischen Umweltcharta, können Planeten, auf denen sich kein

Leben befindet, und sei es nur eine Mikrobe oder ein Einzeller, ausgebeutet werden. Jegliche Bodenschätze sind zur Ausbeutung freigegeben. In letzter Zeit haben sich Fälle gehäuft, in denen Planeten, bei denen es zu unerklärlichen globalen Veränderungen kam, durch die Bonizen entdeckt und ausgebeutet wurden. Wir vermuten, dass die Bonizen direkten Einfluss auf die Geschichte nehmen und ganze Planeten in einen selbstzerstörerischen Krieg stürzen. Das Ergebnis ist, dass auf diesen Planeten sämtliches Leben ausgelöscht wird und sie selbst dann unter dem Deckmantel der Legalität die Ressourcen ausbeuten können."

„Scheiß Kapitalisten!"

„Ich bin von den Green Planets beauftragt, diese unglaublichen Ereignisse aufzudecken und in den Fällen, in denen eine Revidierung möglich ist, diese durchzuführen."

„Eine Revi was?"

„Ja, eine Rückgängigmachung der Ereignisse!"

„Aber, wie ist das möglich?"

„Es ist nur bedingt möglich. Es müssen bestimmte physikalische Voraussetzungen erfüllt sein, um eine Reparatur der Zeit vornehmen zu können. Wir vermuten, dass die Bonizen bereits 537 bewohnte Planeten in Kriege gestürzt haben. Und zwar alle in der Vergangenheit, sodass die Schürfrechte dieser Planeten an sie fielen, da sie unmittelbar nach der Vernichtung des Lebens als Erste auf diesen Planeten auftauchten und ihre Besitzansprüche anmeldeten."

„Ja, aber wie ist es möglich, dies wieder rückgängig zu machen?"

„Dies hängt von einer Materie ab, die wir Kronostat nennen."

Über den Köpfen der beiden gestrandeten Cousins bildeten sich riesige Fragezeichen.

„Das Kronostat ist Materie, die bei entsprechender Aufbereitung die sie umgebende Materie und Zeit verändern kann."

Quantenphysikalische Defizite in der Ausbildung von Ali Raif und Barbaros Ali machten für sie ein Verstehen der Zusammenhänge fast unmöglich.

„Es sei nur so viel gesagt, dass ich in der Lage bin, die Geschichte wieder in Ordnung zu bringen, wenn ich hier Kronostat finde."

„Wie findet man dieses Zeug?"

„Es ist leider nicht so einfach! Da Kronostat zur Familie der Antimaterie gehört, kann man es nur sehr schwierig unter Kontrolle bringen. Es ist ortsgebunden, das heißt, das Kronostat von einem Planeten des Vega-Systems kann in diesem Sonnensystem nicht wirken. Nicht jedes System besitzt Kronostat, sodass eine Reparatur der Geschichte nur möglich ist, wenn diese Form der Antimaterie vorhanden ist."

„Gibt es dieses Zeugs, dieses Kronos-Dings-Da auf der Erde?"

„Deswegen bin ich hier. Ich will überprüfen, ob es das Kronostat gibt. Bisher haben wir kein Glück gehabt und konnten die Planeten vor dem Zugriff der Bonizen nicht schützen."

„Wie können wir dir dabei helfen?"

„Ja, wie können wir dir helfen? Wir tun alles, was du willst!"

„Ich habe einen Kronostatzähler dabei. Sobald ich Kronostat entdecke, kann ich diesen Tank damit befüllen. Einen Teil brauche ich, um in das Erdenjahr 1969 zu gelangen und den überwiegenden Teil brauche ich um die Zeit zu reparieren. So viel zur Theorie."

„Kann ich das Gerät mal haben?"

„Hier, ich schalte es mal ein."

Nova schaltete das Messgerät ein und hielt es in verschiedene Richtungen, doch es reagierte nicht.

„Es ist leider nichts vorhanden!"

„Heißt das, hier in Bielefeld?"

„Nein, hier im Sonnensystem."

„Im Sonnensystem?"

„In der Theorie wurde es schon nachgewiesen …"

„Was meinst du mit ,in der Theorie'? Heißt das, ihr seid euch da gar nicht sicher?"

„Das Gebiet der Antimaterieforschung ist ein sehr komplexes Teilgebiet der Quantenphysik. Einige der klügsten Gehirne im Universum sind daran gescheitert. Mit Sicherheit konnte man nur sagen, dass es Kronostat geben muss, jedoch wurde es bisher nie nachgewiesen."

„Wie hoch ist die Wahrscheinlichkeit, dass wir gerade jetzt dieses Zeug finden werden?"

„Es gibt eine mathematisch theoretische Wahrscheinlichkeit von Eins-zu-Zeta."

„Ich war noch nie gut in Mathematik, aber irgendwie klingt das nicht nach fifty-fifty!"

„Ich glaube Barbaros, das Zeta bedeutet so viel wie: Es wird niemals eintreten, und wenn es eintritt, werden wir gar nicht da sein, um es zu bemerken!"

„So kann man es sagen, leider!"

Es wurde dunkel und alle drei saßen um ihr Lagerfeuer herum, das aus lauter Taschenlampen bestand, deren Batterien langsam zur Neige gingen.

„Jetzt ein paar Kartoffeln oder Maiskolben, wie früher als wir noch Kinder waren."

„Das waren Zeiten. Barbaros, gib mir mal noch eine von den Tuben, die du aus der Kapsel hast."

Barbaros Ali gab ihm eine zufällig ausgesuchte Tube Weltraumnahrung, die er beim Durchstöbern der Staufächer der NAZAR-II gefunden hatte.

„Oh, Ezogelin-Suppe. Die ist gut! Zwar nicht so gut, wie deine Semra das machen kann ..., konnte, aber kommt ihrer Version schon sehr nahe."

Während Barbaros Ali und Ali Raif in Erinnerungen schwelgten, schlug von den dreien unbemerkt die Anzeige des Kronostatzählers aus. Der Speicher des Kronostattanks wurde um einen Strich in der Anzeige gefüllt. Die Erinnerungen von Ali Raif und seinem Cousin waren der Schlüssel für die Entdeckung und Nutzbarmachung des Kronostats.

Das erklärte auch, warum bei all den 537 Planeten, die Nova aufgesucht hatte, Kronostat entweder nicht entdeckt wurde oder es nicht wirksam war. Kronostat konnte nur vorhanden sein, wenn Lebewesen in Erinnerungen schwelgten oder träumten und sich untereinander austauschten.

Kapitel 12, Die Entdeckung des Kronostats

Eine traumreiche Nacht ging zu Ende und der Morgen machte sich auf, die Bewohner der Erde mit den ersten Sonnenstrahlen aufzuwecken. Sehr viel Arbeit war das ja nicht. Waren es ja nur drei Bewohner. Nova reckte sich der Sonne entgegen und sah dann plötzlich das Leuchten der Anzeige ihres Kronostatzählers. Was sie sah, konnte sie nicht glauben.

„Wacht auf, ihr beiden! Es ist etwas Unglaubliches geschehen!"

Ali Raif und Barbaros Ali wälzten sich noch im Schlaf herum. Sie waren von den Anstrengungen dieses Abenteuers hundemüde und schliefen so fest, dass Nova sie wach schreien musste.

„Wir haben das Kronostat!"

Ali Raif wachte als Erster von beiden auf.

„Was haben wir?"

„Das Kronostat!"

Jetzt wachte auch Barbaros Ali auf.

„Morgen, Raif Abi, weißt du, was ich geträumt habe?

Barbaros Ali sah Nova neben seinem Cousin stehen, blickte hinüber zur havarierten NAZAR-II und kam brutal wieder in der Realität an.

„Och Menno! Vergiss es!"

„Wie ist das möglich, Nova?"

„Ich weiß es nicht! Es muss etwas geschehen sein, was dazu geführt hat, dass das Kronostat auf einmal vorhanden ist."

„Wir saßen an unserem Feuer und ..."

Der Kronostatzähler schlug wieder aus. Nova deutete auf die Anzeige und alle drei starrten drauf.

„Sprich noch mal!"

„Was soll ich sagen? Einfach nur sprechen?"

„Nein, jetzt ist es nicht da, ... es liegt also nicht an deiner Stimme!"

„Ist es vielleicht eine Fehlfunktion? Wir sind nämlich nicht gerade dafür bekannt, dass wir alles richtig machen und uns das Glück einfach so in den Schoß fällt."

„Nein, es kann keine Fehlfunktion sein. Der Tank ist bis oben hin voll!"

„Das ist wirklich unglaublich, aber wie konnte das passieren? Bei all den anderen Planeten sind wir niemals dem Kronostat auch nur annähernd so nah gewesen. Aber warum ist das hier anders? Was unterscheidet diesen Planeten von den anderen 537 Planeten?"

„Vielleicht ist es ja diese ominöse Zeta-Wahrscheinlichkeit?"

„Eine Aligorie? Ich weiß nicht! Es muss etwas sein, was es auf den anderen Planeten nicht gab. Lasst mich mal überlegen."

Nova lief nachdenklich in der Sphäre herum. Sie erinnerte sich an die verschiedenen Orte im Universum, an denen sie Untersuchungen gemacht hatte. Ihr kamen die verschiedenen zerstörten Planeten in den Sinn, wobei sie dort immer alleine in einer Sphäre war.

Nova öffnete wieder ein Fenster in der Luft. Im Hintergrund beobachteten Ali Raif und Barbaros Ali neben der NAZAR-II stehend, wie Nova sämtliche Bilder, die sie auf den anderen Planeten aufgenommen hatte, durchging. Die Bilder waren immer aus derselben Perspektive geschossen. Jedes Bild sah gleich aus. Ein Kraftfeld und grauer Schotter auf dem Boden.

Sie ging alle 537 Bilder durch. Zweimal. Ein Mal vorwärts und ein Mal rückwärts. Nichts Auffälliges. Als sie das Fenster enttäuscht wieder schloss und an der Stelle, wo die Bilder waren, Ali Raif und seinen Cousin Barbaros Ali neben der NAZAR-II stehen sah, bemerkte sie auf einmal den Unterschied.

Nur auf der Erde standen nun Lebewesen im Kraftfeld an der Stelle, wo bei den anderen Planeten nichts war. Diese Lebewesen standen zwar etwas unbeholfen da und verstanden nicht so recht, was um sie herum geschah, aber sie machten den Unterschied.

Nova erkannte, dass die beiden unmittelbar etwas mit dem Kronostat zu tun haben mussten. Sie näherte sich den beiden, lief um sie herum und betrachtete sie etwas länger, sodass Ali Raif und Barbaros Ali anfingen, sich unbehaglich zu fühlen.

„Was?"

„Ihr seid es!"

„Was sind wir?"

„Der Grund für das Kronostat."

„Wir?"

„Ja, ihr. Ihr seid der einzige signifikante Unterschied zu den anderen Planeten. Dort gab es keinen einzigen Überlebenden, alle Lebewesen bis auf die letzten Mikroben waren verschwunden. Ihr seid die einzigen beiden Überlebenden dieses blauen Planeten. Das ist der Grund, warum wir auf das Kronostat gestoßen sind. Das ist auch der Grund, warum auf den anderen Planeten kein Kronostat vorhanden sein konnte.

„Gib mir noch mal deinen Dings-Messer!"

„Hier, Barbaros!"

Barbaros Ali hielt sich das Messgerät an seinen Körper und an den Körper von Ali Raif. Doch keine Reaktion.

„Wieso schlägt er jetzt nicht aus?"

„Das ist mir ein Rätsel. Aber schaut her, der Tank ist voll. Er ist während der Nacht vollgelaufen."

„Was haben wir in der Nacht gemacht, das dazu geführt hat, den Tank zu füllen?"

„Das müssen wir herausfinden!"

„Ich glaub' ich träume. Da entdecke ICH das Kronodingsda ..."

Das Messgerät fing an zu vibrieren.

„Was hast du da gerade gesagt, Barbaros?"

„Ich meine natürlich, da entdecken WIR dieses bestimmt ungeheuer teure Zeugs ..."

„Nein, das mit den Träumen!"

„Ich habe geträumt? Ich habe geträumt!"

„Ich glaube, ich habe es!"

„Ich auch!"

„Es sind eure Träume …!"

„Unsere? Es sind seine Träume, die uns erst in diese Situation gebracht haben!"

„Entschuldige mal, Raif Abi, das kannst du doch jetzt nicht so hart ausdrücken? Eigentlich bin ich ein Realist!"

„Bist du nicht, du bist der größte Träumer, den die Welt je gesehen hat!"

„Hört auf euch zu streiten und hört mir jetzt mal zu, wir konnten auf den leblosen Planeten nie Kronostat finden. Wir hatten auch nie die Chance. Denn, dass es an ein Sonnensystem gebunden ist, ist nur eine Eigenschaft dieser Materie. Es kommt noch eine wichtige Bedingung für das Vorhandensein des Kronostats hinzu: Die Fähigkeit zu träumen, zu fantasieren oder sich zu erinnern."

„Sag', Raif Abi, ich verstehe mal wieder gar nichts, hast du verstanden, was sie meint?"

„Ich glaube, ich verstehe langsam."

„Ich muss meine Vermutung überprüfen. Dazu brauche ich eure Hilfe. Ihr müsst versuchen zu träumen."

Nova stand nun erwartungsfroh vor den beiden und beobachtete gleichzeitig die Anzeige des Kronostatzählers. Als sie keine Regung und keinen Ausschlag am Zähler bemerkte, machte sie aufmunternde bis auffordernde

Zeichen und zählte von drei abwärts, während sie die Nadel der Anzeige beobachtete.

„Die Drei, die Zwei uuund die Eins ... nee, wieder nichts!"

Ali Raif und sein Cousin hatten die Augen zugekniffen, um in Traummodus zu kommen, aber irgendwie klappte das nicht.

„So funktioniert das nicht! Wir können nicht auf Kommando!"

„Das ist jetzt im Moment auch egal, wir haben ja zunächst genügend Kronostat!"

„Und nun? Wie ist der Plan?"

„Wir müssen warten. So wie ich die Bonizen einschätze, wollen die auf Nummer sicher gehen und kontrollieren, ob der Planet zu hundert Prozent komplett elef ist."

„Wie ist?"

„Lf ... frei von jeglicher Art von Leben, also lebewesenfrei!"

„Guck dich doch mal um. Das nennen die Leben?"

„Wenn die lebewesenfrei sagen, dann meinen die lebewesenfrei! Also auch frei von euch beiden!"

„Die sind aber gründlich!"

„Sie werden noch mal kommen und schauen, ob ihr beide wirklich hinüber seid. Sie haben ja dafür gesorgt, dass sich die Atmosphäre auflöst. Wenn dies geschehen ist, können sie davon ausgehen, dass ihr beide keine Atemluft mehr hattet und ..."

„Keine Details!"

„Sie werden wahrscheinlich den Planeten dekontaminieren!"

„Was werden sie?"

„Sie werden alles, was an eure Existenz erinnern könnte, von hier entfernen. Sie werden euch und eure Kapsel mitnehmen und im Weltraum entsorgen."

„Ooookay, das klingt ja jetzt nicht so prickelnd."

„Stimmt, aber irgendwas sagt mir, dass genau das unsere Chance sein könnte."

„Dass wir hops gehen?"

„Nicht ganz, Barbaros! Ihr werdet nur so tun, als ob ihr schon das Zeitliche gesegnet habt."

Nova schaute in fragende Gesichter. Ali Raif und Barbaros Ali hatten den Plan nicht ganz verstanden.

„Und dann?"

„Dann sind wir schon mal in der *Plusquamperfekt*. Nur wenn wir an Bord der Bonizen sind, haben wir eine Chance das Kronostat einzusetzen!"

Kapitel 13, Zeitsprung ins Jahr 1969 die Zweite

Ali Raif und Barbaros Ali hörten den Ausführungen von Nova aufmerksam zu. Sie würden zusammen mit der NAZAR-II auf das Bonizenschiff gebracht und im Weltall höchstwahrscheinlich auf Kollisionskurs mit der Sonne geschickt werden. Aber genau das wäre ihre Chance um an die Bonizen heranzukommen, um sie zu stoppen.

Nova erklärte den beiden, dass sie irgendwie in den Maschinenraum mit dem Antimaterietransformator kommen musste, um das Kronostat einsetzen zu können. Dieser Eingriff konnte aber nur unbemerkt von der Kommandozentrale der *Plusquamperfekt* geschehen. Da sie dies alleine nicht hinbekommen würde, mussten die beiden ihr eben dabei helfen.

Diese Mission erforderte, so Nova, dass sich Ali Raif und Barbaros Ali durch das Schiff der Bonizen bis zur Kommandozentrale schlichen, dort die Bonizen in Schach hielten und eine Reisesequenz in das Navigationsgerät einspeisten.

Währenddessen würde sie sich im Maschinenraum um das Kronostat kümmern und die Parameter des Antimateriewandlers mit Minus eins multiplizieren und anschließend den Zeitsprung initiieren.

„Habt ihr mich verstanden? Sonst erkläre ich es noch mal."

„Nova, ehrlich gesagt, sind wir ... wie soll ich es sagen, eigentlich sind wir nicht die Helden, für die du uns vielleicht hältst. Im Grunde genommen sind wir ... Ich bin mal ehrlich, Verlierer, Loser, Versager ..."

„Raif Aaaabi, ist guuut, sie hat es verstaaaaanden!"

„Barbaros, soll ich dir mal was sagen? Die Intelligentesten sind wir nun auch nicht gerade. Das ist nun mal so. Mach dir nichts draus."

„Ali Raif Kalem, Cousin, jener Cousin, der immer zu mir gehalten hat und immer noch hält, wir sehen zwar komisch aus, aber im Moment sind wir beide, Ali Raif Kalem und Barbaros Garip Ali, die klügsten Wesen dieses Planeten."

„Barbaros, da muss ich dir ausnahmsweise mal recht geben, auf einem entvölkerten Planeten sind wir beide, die letzten Überlebenden der Menschheit, auch gleichzeitig die schlauesten beiden Wesen, wenn nicht gerade zwei Mikroben es geschafft haben zu überleben ..."

„Haben sie nicht!"

„Na dann!"

„Hört mir jetzt gut zu! Ihr seid keine Versager! Keines, aber wirklich keines der Lebewesen von 537 Planeten hat die Bonizen überleben können. Ihr seid die Einzigen, die das geschafft haben, ob nun gewollt oder ungewollt. Ein bisschen Glück und Aligorie gehört nun mal dazu, na und, dann ist das halt so!"

„Raif Abi, wir haben keine andere Wahl. Lass uns das durchziehen. Mehr als verlieren können wir nicht!"

Kurz bevor Barbaros Ali zum Spezial-Robbenbaby-treudoofen-Hundblick ansetzen konnte, ließ sich Ali Raif auf das Vorhaben ein. Vor seinem inneren Auge tauchte wieder seine Tante auf. Diesmal gab sie ihm die Gettofaust und den Rat seinem Cousin zu vertrauen. Er sei etwas Besonderes, sagte sie ihm. Ali Raif seufzte gaanz, gaaanz tief.

„Alles in Ordnung, Raif Abi? Vertrau' mir, wir werden Geschichte schreiben!"

„Ok, Barbaros, aber wirklich nur, weil ..."

„Ich weiß, ich weiß, nur wegen meiner Mama!"

„Seid ihr euch endlich beide einig?"

„Ja, sind wir. Wie ist dein Plan?"

„Meinen Berechnungen zufolge, wird die Atmosphäre in zwanzig Minuten verschwunden sein."

„Warum lassen die eigentlich die Luft aus den Planeten ab?"

„Du, Ali Raif, die vertragen keine Luft!"

„Wie, die vertragen keine Luft?"

„Sie sind allergisch dagegen. Die Bonizen haben vor langer Zeit die Fähigkeit angenommen, Gold statt Sauerstoff für die Versorgung ihrer Organe zu nutzen. Sie sind der Meinung, dass Luft nur was für niedere Wesen sei. Um die Planeten besser ausbeuten zu können, lösen sie deren Atmosphären auf und können dadurch die Oberfläche sozusagen lebewesenfrei machen und ihnen wird beim Betreten nicht schlecht."

„Das ist der Grund? Nur, weil sie sich übergeben würden?"

„Jepp!'"

„Gold? Krass!"

„So, sie müssten jeden Moment wieder auftauchen, also ab in die Kapsel und toter Hund spielen!"

„Was ist mit dir, wie kommst du mit auf das Bonizenschiff?"

„Mach dir keine Sorgen. Ich bin ja auch mit der *Plusquamperfekt* gekommen."

„Du warst mit auf dem Schiff?"

„Ja, ich bin das so genannte Energie-zu-Materie-Phänomen."

„Das muss ich jetzt nicht verstehen, oder?"

„Nein, Barbaros, musst du nicht!"

„Wie sollen wir das Navigationsgerät programmieren?"

„In der Kommandozentrale steht mitten im Raum der Zeitkreisel mit einem Einschubfach für die Zielkoordinaten."

„Und dann?"

„Ich schreibe die Koordinaten auf dieses Blatt, ihr müsst es lediglich in dieses Einschubfach schieben."

„Mehr nicht?"

„Mehr nicht!"

„Und die Bonizen, wie sollen wir die Bonizen davon abhalten uns einfach ins All zu schießen? Wir sind die Raif und Barbaros Alis und nicht die Bruce Lees oder Muhammad Alis."

„Das weiß ich, aber wir haben nun mal nur uns selber!"

„Raif Abi, sie kommen, schnell in die Kapsel!"

Barbaros Ali und sein Cousin hechteten in die Kapsel und stellten sich tot. Nova löste das Kraftfeld auf und verwandelte sich in eine Satellitenschüssel, die an der NAZAR-II hing.

Das Bonizenschiff näherte sich und fuhr die Landebeine aus. Es landete direkt über der NAZAR-II und öffnete die Landeluke. Die Rampe entfaltete sich und die beiden Bonizen von der ersten Begegnung schlichen vorsichtig zur NAZAR-II. Sie schauten durch die Bullaugen und sahen, dass die beiden Erdlinge offensichtlich nicht mehr lebten.

An dieser Stelle sei bemerkt, dass der ganze Plan in die Hose gegangen wäre, wenn die Bonizen ihre Gedankenlesegeräte eingeschaltet hätten. Denn das, was in den Köpfen von Ali Raif und Barbaros Ali in diesem Moment vor sich ging, passte auf keine galaxianische Kuhhaut, eine Art Nutzvieh im Sternensystem Taurus, dessen Größe und Volumen vergleichbar dem eines Lkws auf der Erde war. Ali Raif ging trotz der Anspannung den Plan durch, während Barbaros Ali die Bonizen und deren sämtliche Ahnen aufs Übelste beschimpfte. Wie gesagt, nur in Gedanken.

Einer der Bonizen öffnete die Kapsel und überprüfte die Besatzung der NAZAR-II, ob sie noch irgendwelche Lebenszeichen von sich gaben, indem er die Hand von Barbaros Ali hochhob und sie fallen ließ. Ali Raif und sein Cousin spielten ihre Rollen oscarreif. Barbaros Ali ließ seine Hand ohne Widerstand wie einen nassen Sack ganz in Toter-Hund-Manier fallen, was die Bonizen zum Lachen veranlasste.

Sie schlossen die Kapsel und liefen die Rampe hoch. Es schien, dass der eine sich rühmte, die Mission noch mal auf die Erfolgsspur gebracht zu haben. Er zeigte auf die

NAZAR-II und klopfte sich auf die eigene Schulter. Der andere lachte und schüttelte nur den Kopf und zeigte auf die Kapsel und klopfte sich ebenfalls auf die eigene Schulter. Sie fingen wieder zu streiten an.

Eine Art Magnet fuhr aus der *Plusquamperfekt* heraus und dockte an die NAZAR-II. Sie wurde durch die Ladeluke in das Innere des Bonizenschiffs gezogen. Im Frachtraum kümmerte man sich nicht mehr um die NAZAR-II und ihre vermeintlich tote Fracht und ließ sie neben dem anderen Müll, den man im All entsorgen wollte, achtlos liegen.

Nun waren Barbaros Ali Garip und Ali Raif Kalem auch die ersten Menschen, die in einem außerirdischen Raumschiff waren. Zwar, wie es aussah, in dem Mülleimer eines außerirdischen Raumschiffs, aber immerhin.

Das Licht ging aus und die Schiebetür schloss sich. Jetzt war der Moment gekommen, um zu handeln. Nova verwandelte sich in eine Schlange.

„Sssst, Jungs, alles okay?"

Die beiden Cousins öffneten die Augen.

„Ach du grüne Neune, warum hast du dich denn in eine Schlange verwandelt?"

„Ich schleiche mich in den Maschinenraum, so geht es besser!"

„Ich verstehe! Wo lang müssen wir?"

„Folgt den komischen Kreuzen auf dem Boden. Sie führen euch direkt in die Kommandozentrale."

„Äh Moment, noch eine Frage!"

„Ja, Raif?"

„Irgendeinen Tipp, wie wir sie in Schach halten sollen?"

„Keine Ahnung, wir haben zunächst nur das Überraschungsmoment auf unserer Seite!"

„Das wird uns nur für einen kurzen Moment einen Vorteil verschaffen, für einen sehr kurzen Moment."

„Was habt ihr denn so dabei?"

Barbaros Ali packte die Putzlappen in den Eimer und zeigte sie Nova.

„Cousin, sollen wir sie k.o. putzen?"

„Sonst nix in der Kapsel?"

„Ein paar Tuben Weltraumdöner, sonst nichts!"

Nova verwandelte sich von einer Schlange in Sherlock Holmes. Sie inspizierte das Innere der Kapsel und bemerkte die vielen Dosen, die herumlagen.

„Was sind denn das für Dinger, meine Herren?"

„Ach das, das ist nichts!"

„Das sind die Gründe, warum wir hier sind! Mein Cousin Barbaros dachte nämlich, es wäre eine tolle Idee, dass ... naja ist ja jetzt auch egal!"

„Raif Abi, wir nehmen die Dosen mit!"

„Und dann?"

„Keine Ahnung? Irgendetwas sagt mir aber, dass wir sie mitnehmen sollten. Schon seit wir noch auf der Erde waren, unserer Erde, habe ich das Gefühl, dass diese Dosen unser Schicksal sind ...!"

„Was solls‘, nimm sie mit, zur Not werden wir die Aliens halt k.o. putzen und mit Dosen voller Luft beschmeißen. Der Putzeimer alleine wird sie nicht beeindrucken, nimm noch ein paar Lappen mit.“

Nova und Ali Raif wussten, dass sie so gut wie keine Chance hatten, doch sie hatten keine andere Wahl. Barbaros Ali packte ein Dutzend Dosen in den Eimer. Nova verwandelte sich wieder in eine Schlange und schlich zum Maschinenraum. Operation *Hoffentlich geht das mal gut* lief an.

Kapitel 14, Operation *Hoffentlich geht das mal gut*

Die Bonizen hatten sich zur Feier des Tages im Kontrollzentrum eingefunden. Auf einem riesigen Monitor sah man die Erde ohne Atmosphäre. Bereit zum Filetieren. Neben dem Monitor war ein zweiter, etwas kleinerer Bildschirm aufgebaut, der die Bilder der Überwachungskameras, die die Gänge der *Plusquamperfekt* überwachten, übertrug.

Die beiden Cousins folgten den Kreuzen auf dem Boden der Gänge und glaubten sich unbeobachtet. Schritt für Schritt, Deck für Deck näherten sie sich dem Kontrollzentrum. Kein Bonize weit und breit.

„Das klappt ja wie geschmiert, Raif Abi!"

„Ich weiß nicht, das läuft zu gut. Vergiss nicht, wir sind Barbaros und Raif, die Pechvögel der Nation."

„Irgendwann muss sich das Blatt auch mal zu unseren Gunsten drehen."

„Ich komme mir irgendwie beobachtet vor, Barbaros!"

„Wir sind gleich da. Die Kreuze enden vor dieser Tür mit dem Spiegel."

Ali Raif und Barbaros Ali standen jetzt vor dem verspiegelten Eingang des Kontrollzentrums. Was sie nicht wussten, war, dass sie die ganze Zeit von den Bonizen über die Kameras auf dem zweiten Monitor beobachtet und nun hinter der verspiegelten Tür von ihnen auch erwartet wurden.

„Raif Abi!"

„Ja, Barbaros!"

„Gib mir deine Hände!"

„Hier hast du sie."

„Halt dich ganz stark an mir fest!"

„Mach' ich."

„Wir rammen jetzt die Tür!"

„Barbaros, lass uns die verdammte Tür rammen."

„Ich zähl' von drei runter auf eins."

„Alles klar, von der drei runter."

„Wie damals, als wir das Café gestürmt haben."

„Wie damals?"

„Ja, wie damals, drei ..."

„Warte ... warte ... warte! Welches Café meinst du noch mal?"

„Das von Jilet Rifki, wo sie uns beim Zocken über den Tisch gezogen haben. Zweeeiiii ..."

„Warte, warte, warte ... haben wir damals nicht so richtig was auf die Fresse bekommen?"

„Jep! ... uuuund eins!"

Barbaros Ali stürmte wie ein Rugbyspieler, statt eines Balles den Eimer mit den Dosen unter dem Arm, laut schreiend auf die Eingangstür zu. Ali Raif klammerte sich an die Hände seines Cousins und rannte mit ihm und seiner Schulter voran Richtung Glastür.

Laut Plan hätten die Bonizen jetzt völlig überrascht sein sollen, doch auch diese Tür war von innen transparent. Die Aliens hatten alles, was auf der anderen Seite geschah, mitbekommen. Das Überraschungsmoment, wenn es dies je gegeben hatte, war sehr schnell aufgebraucht.

Kurz vor dem Schulterkontakt öffnete sich schlagartig die Glastür und beide stürzten auf den Boden vor die Füße der Bonizen. Als sie sich mit ihren Raumanzügen und mit viel Mühe wie zwei Schildkröten, die auf ihren Rücken lagen, gedreht hatten, blickten sie in die Läufe von zwölf Bonizenwaffen.

„Ich glaube, das endet schlimmer als in Jilet Rifkis Café!"

„Raif Abi, nimm du die sechs links, ich kümmere mich um den Rest!"

Die Bonizen gestikulierten wild und baten die beiden Cousins mehr oder minder höflich aufzustehen und sich an den Zeitkreisel in der Mitte der Kommandozentrale zu setzen. Dort hatten sie sie besser im Blick und konnten sie besser bewachen.

Nova hatte es in der Zwischenzeit geschafft in den Maschinenraum zu gelangen. Dort verrichteten sehr traurig dreinblickende Roboter ihre Dienste. Den Tank mit dem Kronostat hatte Nova verschluckt und würgte ihn jetzt aus. Anschließend verwandelte sie sich in einen Rollwagen und wollte mit dem Tank Richtung Antimateriekonverter rollen, in den sie in einem unbeobachteten Moment das Kronostat geben wollte.

Als sie jedoch losrollte, verkantete sich eine Rolle in den Führungsschienen auf dem Boden, die den Robotern ihre Wege vorgaben. Nova versuchte sich loszuruckeln, konnte sich aber nicht befreien. Der Tank mit dem Kronostat kam ins Schwanken, kippte von der Ladefläche, drehte sich wie ein Kreisel und rollte in Richtung eines der Arbeitsroboter. Der Tank schrammte das Bein des Roboters, der dies merkte und den Tank hochhob. Er betrachtete das Fundstück von allen Seiten und kratzte sich am blechernen Kopf. So einen Tank kannte der Roboter nicht.

Die beiden Bonizen, die den beiden Cousins nun zum dritten Mal begegneten, wurden dank ihrer Erfahrung im fachgerechten Umgang mit Menschen und zur Strafe, weil sie unfähig waren, sie zu entsorgen, mit der Bewachung der Menschen beauftragt. Sie standen mit ihren Waffen vor Ali Raif und Barbaros Ali, die angelehnt an den Zeitkreisel saßen. Einer der Aliens sah den Eimer und wollte ihn mit dem Lauf seiner Waffe zu sich ziehen, um ihn zu inspizieren.

„Hey, du Idiot, das ist mein Eimer!"

„Ruhig Barbaros, ist doch nur ein Eimer!"

„Raif Abi, da sind meine Dosen drin!"

Die anderen Bonizen schauten kurz zu den Wachen und wunderten sich, warum es jetzt einen Tumult gab, doch die beiden Bewacheraliens signalisierten durch Handzeichen, dass sie alles unter Kontrolle hätten.

Die anderen Außerirdischen steckten auf dem Monitor, auf dem die Erde zu sehen war, weiter ihre Anteile ab und stritten ab und an, wahrscheinlich um lukrative Schürfrechte.

Derweil beobachtete Nova im Maschinenraum den Roboter, der gerade ihren Kronostattank in der Hand hielt. Der schaute sich um, sah jedoch nichts Außergewöhnliches, außer einen Rollwagen, der sich mit der hinteren Rolle in einer der Führungsschienen verkantet hatte. Er fuhr die Schiene entlang zum Rollwagen. Nova dachte, dass sie jetzt aufgeflogen sei, doch der Roboter befreite die Rolle und somit auch Nova von der Schiene.

Er legte den Tank auf den Rollwagen und schob ihn zum Antimateriekonverter, um das unbekannte Objekt, den Kronostattank, unbemerkt vom Chefroboter zu entsorgen. Novas Glück war es, dass gerade der Roboter den Tank gefunden hatte, der wegen eines Programmierfehlers der faulste Roboter der Galaxie war. Sozusagen eine Laune der Robotik.

Eigentlich sahen es die Vorschriften vor, dass Müll, Schmutzlappen, unbekannte Objekte, wie auch der Kronostattank eines war, ins Mülldeck zu bringen waren, von wo aus sie zusammen mit dem restlichen Müll entsorgt würden. Entsorgen hieß, den ganzen Krempel Richtung Sonne schleudern.

Im Kontrollzentrum spitzte sich die Lage zu. Eine der Wachen zeigte auf Barbaros Ali und forderte ihn auf aufzustehen. Barbaros Ali stand auf und stellte sich provokativ direkt vor seinem Bewacher auf. Beide blickten sich wie zwei Boxer an, die kurz vor dem Kampf im Ring den Anweisungen des Ringrichters zuhörten.

Der andere Alienwachmann wurde durch ein Surren abgelenkt, das aus seiner Hosentasche kam. Er holte ein kleines Gerät heraus und versuchte es zu beruhigen. Dieses Ding aber surrte weiter und wurde immer zappeliger.

Es war ein Gerät, auf dem der abgebissene Teil eines Apfels abgebildet war. Genauer gesagt war es eine Art Kommunikationsgerät mit verschiedenen unnützen Anwendungsmöglichkeiten. Ach ja, telefonieren hätte man damit auch können. Die Anwendung, die jetzt Terror machte, war die Gedankenleseanwendung.

Sie glühte vor Aktivität. Das, was sie anzeigte, war nicht dafür gedacht bilaterale Beziehungen zwischen der Menschheit und den Bonizen für die Ewigkeit zu zementieren. Der Wach-Alien lachte und zeigte dem anderen, was auf der Anzeige zu sehen war, nämlich die größten Beleidigungen, die seit das Universum existierte, einem Wesen an den Kopf geworfen wurden.

Sein Alienkollege hätte darüber auch lachen können, aber dieses Wesen, das beleidigt wurde, war er. Darüber gab es keine Zweifel. Der beleidigte Bonize schlug seinem Kompagnon das Gerät aus der Hand und schubste Barbaros Ali zu Boden.

Ali Raif stand sofort auf und schubste den Bonizen. In solchen Situationen gibt es nicht die Option des zivilisierten Austausches von Argumenten, in solchen Situationen herrscht Fraktionszwang.

Die Bonizen am Verhandlungstisch waren von dem Ärger um die beiden Menschen genervt und wollten, dass jetzt kurzer Prozess mit den beiden gemacht wurde. Einer von ihnen signalisierte den Wach-Aliens, dass sie die beiden endlich an ihren Bestimmungsort Richtung Sonne katapultieren sollten.

Der Alien mit dem Gedankenlesegerät versuchte zu beschwichtigen und redete auf seinen Wachkollegen ein. Der andere war aber noch wütend und wollte sich für den Schubser irgendwie revanchieren. Er riss Ali Raif den Eimer aus den Händen, der diesen verstecken wollte. Der Henkel riss ab und die Dosen von Barbaros Ali purzelten auf den Boden.

„Neeeeiiiin!"

Der verärgerte Bonize merkte, dass die Dosen für Barbaros Ali wichtig waren. Er guckte abwechselnd in die

Gesichter der beiden und auf die am Boden liegenden Dosen. Er nahm eine Dose mit der Aufschrift *Uzun Hava (Langer Atem) - Familienpackung von Barbaros Ali* in die Hand und schaute sie sich einen Moment lang an. Plötzlich warf er sie auf den Boden und zertrat sie. Was jetzt folgte, war nichts für Zartbesaitete!

Zu diesem Zeitpunkt versuchte Nova, irgendwie die Situation im Maschinenraum noch zu retten. Sie musste sich unauffällig verhalten, während der Roboter vor dem Konverter stand. Er wollte unbemerkt von den anderen Robotern das unbekannte Objekt entsorgen, und zwar indem er es unbemerkt in den Konverter warf, wo es einfach verschwunden wäre.

Nova musste den Roboter irgendwie stoppen, denn sie konnte nicht zulassen, dass das Kronostat mit der Antimaterie im Konverter schon reagieren würde, ohne zu wissen, ob die richtigen Zielkoordination in den Zeitkreisel eingegeben worden waren.

Im Kontrollzentrum lief die Szene in Zeitlupe ab. Zumindest wäre sie das in einem Film. In wenigen Augenblicken würde das Chaos ausbrechen und mehrere Kameras aus verschiedenen Blickwinkeln würden das, was jetzt kam, mit tausendfacher Geschwindigkeit filmen, damit auch ja kein Detail verpasst würde.

Die Dose explodierte und die Pressluft verteilte sich schlagartig im Vakuum des Kontrollzentrums. Die Bonizen inhalierten ungewollt Luft, Luft, die sie nicht vertrugen. Ein Bonize nach dem anderen übergab sich und kippte um.

„Was geht denn jetzt ab?"

„Die Luft aus deinen Dosen! Sie vertragen sie nicht!"

„Nichts gegen die Qualität meiner Luft! Ich habe jede Dose selber gefüllt!"

„Du Idiot, sie vertragen keine Luft, verstehst du das nicht? Sie vertragen einfach keine Luft, das hat nichts mit der Qualität zu tun!"

„Und ich dachte schon, ... wieso sind wir nicht schon früher drauf gekommen?"

„Öffne die Dosen, schnell!"

Ali Raif nahm den völlig entkräfteten Bonizen die Waffen ab, während Barbaros Ali jedem Einzelnen noch mal genüsslich seine Dosen vor das Gesicht hielt und sie unter lautem Zischen öffnete.

„Die Dose hier ist für den Schubser eben! Die hier für die Erde! Die hier ist für Bambi und die hier für alle, die wir lieben! Ach ja, die hier ist für das 8:0 der Engländer gegen uns ... "

„Also für das 0:8 können die nun wirklich nichts!"

„Das ist mir jetzt egal, ich mache sie dafür verantwortlich!"

Der Roboter öffnete die Brennkammertür des Antimateriekonverters. Nova musste jetzt irgendetwas machen. Intuitiv verwandelte sie sich auch in einen Roboter, in einen Chefroboter, in einen sehr cholerischen Chefroboter. Der faule Arbeitsroboter drehte sich um und erschrak. Nova stand vor dem Ahnungslosen, tippte ihm auf die Roboterstirn, worauf dieser schielend nach oben gucken musste. Nova fing wild gestikulierend an, sich über die Unordnung im Maschinenraum zu ärgern.

Sie zeigte auf den Tank und wollte ihn an sich nehmen, doch der ertappte Arbeitsroboter erschrak so sehr, dass er den Kronostattank in einem unglaublichen Reflex direkt in den Konverter fallen ließ.

„Neeeeiiiiiiin! Mist, Mist, Mist!"

Das Kronostat fing an zu reagieren. Die Arbeitsroboter waren verwirrt. Nova, als Chefroboter, schickte alle Roboter in die Pause und fing sofort mit der Umprogrammierung der Energieumwandlungsprozedur an. Als die Arbeitsroboter auf dem Weg zum Pausenraum ihrem eigentlichen Chefroboter begegneten, kam es zu einer Massenkarambolage, bei der sich alle Roboter ineinander verkeilten und sich nicht mehr bewegen konnten.

Kapitel 15, Nichts klappt wie geplant

Nova wartete auf irgendein Zeichen, das ihr signalisieren würde, dass Ali Raif und sein Cousin Erfolg gehabt hatten, also die Bonizen in Schach hielten und den Zettel mit den Koordinaten ins Einschubfach geschoben hatten. Dann erst hätte sie den Zuschlag in den Antimateriekonverter geben können, doch das Kronostat war nun mal jetzt im Konverter und reagierte schon.

Sie musste hoch in das Deck mit dem Kontrollzentrum. Sie verwandelte sich in einen Lichtstrahl, war in quasi Lichtgeschwindigkeit vor dem Eingang des Kontrollzentrums und wurde von dem Spiegel kurz abgelenkt.

Sie verwandelte sich in Bud Spencer, holte tief Luft und stürmte den Raum. Sie kam zu spät. Ali Raif und Barbaros Ali hatten die Bonizen in einer langen Reihe aufgestellt und … und spielten mit ihnen ein Spiel.

Dabei mussten die Bonizen sich vor einem so genannten Kissen, das einer der Wachbonizen spielen musste, hintereinander aufstellen. Aber nicht nur profan aufstellen, nein, sie mussten mit einer bestimmten Haltung ihrer Körper einen Esel darstellen. Der jeweilige Hintermann steckte dem jeweiligen Vordermann seinen Kopf von hinten zwischen die Beine, wodurch der *Lange Esel* seinen langen Rücken bekam.

Klingt zunächst sehr bizarr, aber bei diesem Spiel handelte es sich um ein uraltes Spiel, das schon seit dem Mittelalter bekannt war. Ganz vorne stand der Bonize, der Barbaros Ali geschubst hatte.

„Hey Jungs! Alles im Griff?"

„Raif Abi, schau mal - Bud Spencer!"

„Hi Nova, klar, wir spielen nur ein kleines Spiel mit unseren Gastgebern!"

„Was denn für ein Spiel?"

„Das Spiel nennt sich ‚Uzun Eşek', ‚Langer Esel!' Es ist ein Spiel aus meiner Jugend. Ich bin mir sicher, es wird Spaß machen, zumindest mir und Raif Abi!"

„Seid ihr bereit?"

Der Bonize, der das Kissen spielte, nickte bejahend. Die Bonizen waren schwach auf den Beinen und schwankten hin und her. Barbaros Ali nahm Anlauf und sprang von hinten auf den Rücken des *Langen Esels*, der aus einer Reihe völlig entkräfteter Bonizen bestand. Die Reihe krachte unter der Wucht des Sprungs zusammen. Barbaros Ali stand auf und klatschte sich den Staub von den Händen, obwohl es in dem sterilen Kontrollzentrum keinen Staub gab.

„Wieder ein Punkt für uns! Sooo, meine verehrten Geschäftsmänner, aufstehen! Stellt euch wieder auf, das Spiel ist noch nicht zu Ende. Raif Abi, was steht's?"

„Vierzehn zu null für uns! Lass mich mal wieder!"

„Ich will ja kein Spielverderber sein, aber habt ihr überhaupt die Koordinaten eingegeben?"

„Mist, der Zettel, den habe ich ja total vergessen!"

„Raif Abi, worauf wartest du noch, schmeiß ihn schon ein!"

„Spielt ruhig euer Spiel zu Ende. Wir haben eh den richtigen Zeitpunkt verpasst ...!"

Ali Raif suchte in sämtlichen Taschen seines Raumanzugs nach dem Zettel und fand ihn völlig zerknittert und zerknüllt in seiner Gesäßtasche. Er gab ihn Barbaros Ali, damit er ihn glätten konnte.

Während Barbaros Ali den Zettel mit den Zeitkoordinaten etwas rabiat zu glätten versuchte, löste sich von den drei unbemerkt eine Ecke des Blattes ab und fiel auf den Boden.

„Was meinst du mit, ‚wir haben den Zeitpunkt verpasst‘?"

„Naja, wir werden halt nicht exakt zu der Zeit ankommen, zu der wir ankommen wollten."

„Aber die Koordinaten stehen doch auf dem Zettel, oder nicht?"

„Ja, schon ..."

„Ja, schon was?"

„Die Koordinaten sind nur ein Teil. Der andere Teil ist das exakt auf den gewünschten Zeitpunkt abgestimmte Gewichtsverhältnis von Papier zu Tinte. Was meint ihr, warum ich noch Blumen und Herzchen aufgemalt hatte?"

„Um es hübscher zu machen, dachte ich?"

„Nein, du Experte! Damit das Verhältnis Tintengewicht zu Papiergewicht stimmte!"

Nova verwandelte sich von Bud Spencer wieder in Nova, das Mädchen mit den grünen Haaren. Das war auch besser, denn es sah etwas komisch aus, Bud Spencer über Blumen und Herzchen reden zu hören.

„Kann man den Zettel nicht mehr benutzen?"

„Doch schon Barbaros, aber ich weiß nicht, was passieren würde, da das Eingeben der Zielkoordinaten und das Zugeben des Kronistats eigentlich gleichzeitig ablaufen mussten."

„Raif Abi!"

„Ja?"

„Was sagst du? Riskieren?"

„Riskieren!"

Ali Raif nahm den Zettel mit den Koordinaten und warf ihn in das Einschubfach des Zeitkreisels. Das Warten begann. Einer der Bonizen machte Handzeichen und rief Nova zu sich. Er redete mit Nova und setzte sich demütig wieder hin. Nova kam zurück zu den beiden Cousins und berichtete.

„Raif, der mit den goldenen Streifen will euch etwas sagen."

„Welcher? Der da, der jetzt so guckt, als könne er keiner Fliege was zuleide tun?"

„Ja, genau der. Er ist der Chef der ganzen Unternehmung."

„Dann soll er mal hierher kommen."

Nova machte ein Handzeichen und rief den Chefbonizen zu sich und den beiden Cousins. Dieser stand auf, während die anderen Bonizen ihm Mut machten, indem sie ihm auf die Schulter klopften. Er gesellte sich zu den drei.

„Na, dann ma´ los! Was willst du?"

Er redete mit Nova und schlug ihnen ein Geschäft vor. Er wollte sie an den Schürfrechten an der Erde beteiligen. Nova übersetzte alles sinngemäß, während Ali Raif und Barbaros Ali aufmerksam zuhörten.

Die beiden Cousins zogen sich kurz zurück. Nicht weit. Nur ein paar Schritte. Die Bonizen, allen voran der Chefbonize, beobachteten hoffnungsfroh die beiden, wie sie miteinander redeten. Schließlich gesellten sie sich wieder zu Nova und dem Bonizen.

„Uzun Esek, Langer Esel, aaaalle wieder aufstellen!"

Die Bonizen ließen aaaalle die Köpfe hängen, schlurften zu der Spielwand, stellten sich als Langer Esel auf und ließen das Spiel über sich ergehen.

Gefühlte fünfzig außerirdische Bandscheibenvorfälle später, bemerkte Nova eine ungewöhnliche Aktivität in dem Zeitkreisel. Als sie sich die Flugdaten näher ansah, konnte sie ihren Augen nicht trauen.

„Heilige Planetengrütze!"

„Was ist los, Nova?"

„Irgendwie sind wir doch in die Nähe der Zeit gekommen, in die wir ursprünglich wollten ...!"

„Wie kann das sein?"

„Raif, das kann ich mir nur durch Aligorie erklären!"

„Raif Abi, hier liegt noch ein Schnipsel von dem Zettel, den du in den Kreisel geschoben hast."

„Lass mal sehen, Barbaros."

Raif inspizierte den Schnipsel, der eigentlich ein Eselsohr aus dem Notizbuch Novas war und sich durch das ständige Auf- und Zuklappen just in dem Moment von dem Zettel gelöst hatte, als Raif den Zettel seinem Cousin zum Glätten gegeben hatte.

„Hier Nova, hier steht ‚*Bitte nicht aufklappen*‘ drauf.“

„Ach, das ist nur eine Marotte von mir. Auf dem Gegenstück stand ‚*Bitte nicht aufklappen, habe ich doch gesagt, du Doofkopp!*‘“

„Das habe ich in der Schule auch immer gemacht!“

„Wisst ihr aber, was ich glaube? Genau das Stück Papier, das jetzt auf dem Koordinatenzettel fehlt, hat die Balance zwischen dem Kronostat und den Koordinaten hergestellt, zu denen wir hinwollten.“

„Barbaros, was machen unsere Gastgeber gerade?“

„Also laut dem Gedankenlesegerät, das ich mir *ausgeliehen* habe, sind sie so froh uns getroffen zu haben und … wenn ich diese Totenköpfe und Blitze auf dem Display richtig deute, wollen sie noch mal Uzun Esek spielen …!“

Raif schaute Richtung Bonizen, die völlig erschöpft an einer Bordwand hockten und deutete an noch einmal spielen zu wollen. Die wiederum schüttelten nur ihre Köpfe und winkten resigniert ab.

„Also gut, Nova, von unseren Gastgebern haben wir nichts zu befürchten. Wir können uns vollkommen auf die Rettung der Zeit konzentrieren.“

„Barbaros, geh du und check mal, was die Roboter machen. Sie müssen einsatzbereit sein, wenn wir die Zeitbremse betätigen. Raif, du gehst zu der Bremse. Es ist der Hebel neben dem Pilotensitz. Ich werde das Mischungsverhältnis im Konverter überwachen und das Zeichen zum Bremsen geben.“

Die Roboter hatten sich gerade aus ihrer misslichen Lage befreit, da tauchte auch schon Barbaros im Maschinenraum auf. Er stellte sich als Captain Future vor, den neuen Besitzer der *Plusquamperfekt*, und machte im Rahmen einer Umstrukturierung gerade den Roboter zum neuen Chefroboter, der den Tank in den Konverter geworfen hatte. Barbaros Ali gab dem faulen Roboter nun Aufgaben, die dieser unter den anderen Robotern verteilen musste.

„Ab jetzt heißt du Greg! Hast du mich verstanden, Greg?"

Greg nickte.

„Ihr wisst, was ihr zu tun habt?"

Diesmal nickten alle Roboter.

„Ich gehe jetzt wieder hoch, dass ihr mir ja keinen Mist macht, ist das klar?"

Wieder nickten alle Roboter. Barbaros rannte die Gänge hoch, die wie ineinander verwobene Spiralen an die Spitze der *Plusquamperfekt* führten, und betrat das Kontrollzentrum.

„Unten ist alles in Ordnung!"

„Dann kann es gleich losgehen. Raif, setz dich schon mal in den Pilotensitz und warte auf mein Zeichen."

Ali Raif setzte sich in den Pilotensitz und konzentrierte sich. Barbaros ging noch mal zu den Bonizen, die an der Bordwand hockten und dem Geschehen im Kontrollzentrum hilflos folgten.

„Barbaros, was machst du da?"

„Ach nix, Raif Abi. Ich war noch einmal in der NAZAR-II und habe ein paar Dosen mitgebracht ... für den Fall, dass die Nazis hier nicht genug haben."

„Ich zähl jetzt runter von drei ... zwei ... eins ... und bremsen!"

Ali Raif zog den Hebel der Zeitbremse hoch und ein Knarren, wie beim Betätigen der Feststellbremse eines Ford Transit aus den Siebzigern, durchdrang das Kontrollzentrum.

Kapitel 16, Die Mondlandung, wie sie wirklich ablief

Die *Plusquamperfekt* war durch die Zeit zurückgereist und just in dem Moment angelangt, in dem die Apollo 11-Kapsel auf ihrem Weg zum Mond den PNR, Point of no Return, erreicht hatte.

Die sowjetische Kapsel, die LK, würde kurz vor dem PNR einen technischen Schaden erleiden und zurück zur Erde fliegen. Dieser Schaden wurde ausnahmsweise nicht durch die Kosmonauten selbst verursacht, sondern durch den Müll, den die Arbeitsroboter aus dem Mülldeck ins All abgelassen hatten.

Der Müll hüllte die Kapsel in eine Wolke von Gerümpel, gebrauchte Lappen und Gase ein. Die aus der Kommandozentrale der *Plusquamperfekt* gefilterte Luft wurde in das Mülldeck abgeleitet und zusammen mit dem Müll in das Weltall gesogen.

Dieser Umstand führte dazu, dass sich um die Sowjetkapsel ein Gemenge aus Müll und Luft bildete und diese im Gegenlicht der Sonne wie eine grüne Wolke leuchtete.

Die Astronauten der Apollo 11 filmten diese grüne Wolke[*5] und hielten alles auf Band fest, konnten sich aber nicht erklären, was hinter dieser Erscheinung steckte. Dieses Kapitel der Sowjetraumfahrt würde für immer geheim bleiben.

„So, Jungs, die Zerstörung der Apollo 11-Kapsel hat jetzt niemals stattgefunden. Jungs, Jungs? Wo seid ihr?"

Ali Raif und Barbaros Ali standen vor den Fenstern der Kommandozentrale und sahen, wie die Sonne hinter der Erde aufging. Ihre Gesichter leuchteten hell auf.

„Wunderschön!"

„Ja, Barbaros! Wunderschön!"

„Nova!"

„Ja, Barbaros?"

„Ist jetzt alles wieder in Ordnung?"

„Ich würde nicht sagen, dass alles wieder in Ordnung ist, aber es ist so, wie es 1969 war ... Ihr Menschen seid immer noch in der Lage, auch ohne die Bonizen, euch selbst auszulöschen!"

Ali Raif und Barbaros Ali schauten beschämt auf den Boden. Die Bonizen grinsten mit Genugtuung, als ob sie sagen wollten, dass sie nicht alleine die üblen Kerle des Universums wären. Barbaros zeigte nur kurz auf seine Overalltasche, aus der eine große Dose Luft mit der Aufschrift *Adana Luft – Extrascharf von Barbaros Ali* heraus lugte.

„Schaut nicht so blöd, sonst ...!"

„Ihr seid die wunderbarsten Wesen, denen ich auf meinen Reisen durch die Jahrhunderte und das Universum begegnet bin ... und aber auch gleichzeitig die schlimmsten. Ihr könnt euch gegenseitig so hassen, dass ihr euch einfach per Knopfdruck auslöschen würdet. Ihr habt so wunderbare Dinge wie die Mona Lisa, den Eiffelturm und den Jazz erschaffen. Ihr seid neugierig und macht außergewöhnliche wissenschaftliche Entdeckungen. Ihr seid so hilfsbereit und doch helft ihr einem Großteil euresgleichen nicht. Ihr liebt die Freiheit und überlasst doch andere in Unfreiheit ihrem Schicksal. Ich verstehe eins nicht, ihr könnt träumen, fantasieren und ihr könnt lieben ... warum hasst ihr euch, wenn ihr euch doch lieben könnt?"

„Nova, egal, was du sagst, es stimmt! Ich würde dir gerne sagen, dass ab jetzt alles besser wird, aber das wäre nur ... gelogen!"

„Was sollen wir beide schon anstellen können? Wir sind doch nur kleine Fische in einem Becken voller Haie?"

„Barbaros, Raif, schaut euch doch mal um! Ihr sitzt in der Kommandozentrale eines Raumschiffs. Ihr habt gerade einigen Weltraumschurken das Handwerk gelegt. Ihr habt gerade euren Planeten gerettet. Ihr beide habt die Zeit gerettet. Ihr seid nicht klein, ihr seid riiiieeeesig!"

„Das, das ist das Schlimmste und das Beste, was man uns je gesagt hat! Würden die Nazis nicht hierhin gucken, würde ich weinen!"

„Barbaros, reiß dich zusammen! Außerdem sind das Bonizen und nicht Nazis."

„Für mich sind das Nazis! ... Nova?"

„Ja, Barbaros!"

„Die Apollokapsel fliegt doch jetzt zum Mond oder nicht?"

„Ja, das macht sie!"

„Können wir uns die Landung ansehen?"

„Warum nicht? Ihr seid Herr über das Schiff!"

„Was sagst du, Raif Abi?"

„Von mir aus ... wo sollen wir uns sie ansehen?"

„VIP!"

„VIP?"

„Ja, VIP! Wir schauen uns die Landung auf dem Mond selber an. Das wird so cool sein!"

„Okay, Nova, wir fliegen zum Mond!"

„Na dann ma los Jungs! Ich gebe die Daten ein, sodass wir unbemerkt dort landen und uns die Landung ansehen können!"

Nova navigierte die *Plusquamperfekt* zwischen Sonne und der Apollokapsel, um unbemerkt an ihr vorbei in einen Mondorbit zu fliegen, wo sie die Landung einleitete. Sie landeten hinter einem Krater, der in der Nähe des Landeplatzes sein würde.

Barbaros instruierte die Roboter auf die Bonizen aufzupassen und zeigte ihnen für den Fall, dass die Bonizen einen Aufstand versuchen würden, wie man Uzun Esek, Langer Esel, spielte. Er gab ihnen auch zwei Dosen Luft für besonders schwer Erziehbare mit.

Nova fuhr die Landerampe aus und Ali Raif, Barbaros Ali und sie warteten auf die Ankunft der Landeeinheit der Apollo 11, die *Eagle*. Am Horizont sahen sie sie schon taumelnd nähern. Die Astronauten Neil Armstrong und Edwin Aldrin waren mit der dramatischen Landung so beschäftigt, dass sie noch nicht einmal merkten, dass sie die *Plusquamperfekt* fast gestreift hätten, als sie sie überflogen.

Die glimpfliche Landung der *Eagle* glückte in letzter Sekunde und so warteten hinter einem Krater versteckt Barbaros Ali, Ali Raif und Nova auf der Laderampe der *Plusquamperfekt* auf das historische Ereignis. Das Ereignis, auf das ein Sechstel der Erdbevölkerung live vor den Fernsehern wartete. Nämlich, dass ein Mensch das erste Mal einen Fuß auf den Mond setzen würde.

„Raif Abi!"

„Ja?"

„Das ist doch Hammer, oder nicht?"

„Daaaas ist Hammer, da gebe ich dir recht!"

„Ah, da, da kommt einer raus, wer ist das?"

„Das ist Armstrong, Neil Armstrong!"

„Raif Abi, lass mich mal etwas näher ran ...!"

Als Barbaros Ali sich an Ali Raif und Nova vorbeiquetschte, rutschte aus der Tasche seines Raumanzugs die Dose extrascharfe Luft aus Adana raus und flog langsam auf den Mondboden. Als Barbaros Ali die Dose bemerkte, versuchte er sie im Flug noch zu fangen, was ihm nicht gelang, weil er durch seine Zappelei die Dose nur noch weiter weg beförderte.

Ali Raif versuchte noch durch einen beherzten Sprung an die Dose ranzukommen, aber er stieß dabei nur seinen Cousin um, mit der Folge, dass beide auf ihre Hintern fielen und auf dem staubigen Mondboden vier rundliche Dellen hinterließen. Diese Hinternabdrücke waren die ersten menschlichen Zeichen auf dem Mond. Ja, ihr habt richtig gelesen (oder, wenn ihr euch das Hörbuch anhört, richtig gehört). Die ersten Menschen, die eigentlich auf dem Mond waren, waren Ali Raif und Barbaros Ali.

Kurz darauf erfolgte der Sprung von Neil Armstrong, bei dem der berühmte Satz «That's one small step for man

... one ... giant leap for mankind. *Das ist ein kleiner Schritt für den Menschen ... ein ... riesiger Sprung für die Menschheit.»* fiel.

Neil Armstrong war der Mensch auf dem Mond, der den ersten Schritt auf ihm machte, aber Ali Raif und Barbaros Ali waren es, die als Erste ihre Abdrücke hinterließen. Zwei Gesäßabdrücke zieren nicht unweit von Neil Armstrongs erstem Stiefelabdruck die staubige Mondoberfläche.

Ali Raif und sein Cousin standen auf und konnten wegen des Staubes auf ihren Visieren den historischen Sprung auf den Mond nicht richtig sehen. Als sie sich den Mondstaub weggewischt hatten, sahen sie so eben noch Neil Armstrong, wie er weitere Schritte in der Mondlandschaft unternahm.

„Uuups!"

„Barbaros, das bleibt aber jetzt wirklich unter uns!"

Edwin Buzz Aldrin folgte seinem Kommandanten auf den Erdtrabanten. Bei ihren Mondspaziergängen erhaschten die beiden Apollo 11-Astronauten von Zeit zu Zeit seltsame glitzernde Erscheinungen an einem der Kraterränder. Sie hatten die ganze Zeit das Gefühl, dass sie beobachtet wurden. Was ja eigentlich auch stimmte.

Knapp zweiundzwanzig Stunden später verließen die Astronauten der Apollo-Mission den Mond. Sie flogen über die *Plusquamperfekt* hinweg und sahen sie auch. Neil Armstrong konnte seinen Augen nicht glauben und blickte in Buzz Aldrins grinsendes Gesicht. Der vermutete, es wäre eine Halluzination, hervorgerufen durch ein ungünstiges Sauerstoff-zu-Stickstoff-Verhältnis. Er würde es umgehend ändern, dann wären auch die Erscheinungen wieder weg.

Kapitel 17, Abschied von Nova

In der *Plusquamperfekt* stand es zwölf zu null für die Roboter, als Ali Raif, Barbaros Ali und Nova das Kontrollzentrum betraten.

„So, ihr Nazis, wie ich sehe amüsiert ihr euch prächtig!"

„Jetzt geht es nach Hause, Barbaros!"

„Wo werden wir ... ich meine, wann werden wir hinbefördert, Nova?"

„Ich werde zu dem Zeitpunkt navigieren, an dem ihr von der *Plusquamperfekt* erfasst wurdet."

„Und du? Was machst du?"

„Ich werde die Bonizen vor das Universal-Gericht bringen. Ich habe genügend Beweise gesammelt, um sie ihrer gerechten Strafe zuführen zu können."

„Wir checken mal, ob unsere Kapsel noch in Ordnung ist."

„Ja, Raif Abi, lass uns runter in das Mülldeck gehen."

Nova begleitete die beiden, während die Roboter auf die nervlich und körperlich völlig ausgebrannten Bonizen aufpassten. Im Mülldeck entdeckten sie dann die NAZAR-II, die ein wenig mitgenommen aussah und unter allerlei Weltraumschrott lag. Ali Raif fand, es wäre eine prima Idee, wenn die Bonizen die NAZAR-II waschen und polieren würden.

Die Bonizen kämpften förmlich darum, diese Idee umzusetzen, weil sie keine Lust mehr auf Uzun Esek hatten, zumal die Roboter eine Variante erfunden hatten, bei der zwei Roboter gleichzeitig auf den Esel springen konnten.

Die NAZAR-II präsentierte sich blitzeblank und poliert. Die *Plusquamperfekt* war fast an dem Zielzeitpunkt angekommen. Es war Zeit sich zu verabschieden.

„Nova, wie können wir dir nur danken?"

„Ich muss euch danken. Ihr habt mir geholfen, diesen Schurken das Handwerk zu legen."

„Aaach, das war doch nur eine Kleinigkeit!"

„Werden wir dich je wiedersehen?"

„Ich vermute eher nicht Ali Raif!"

„Warum denn nicht? Du könntest der Erde noch so viel Gutes tun!"

„So sind die Regeln! Jahrhundertelange Erfahrung hat uns gezeigt, dass es besser ist, wenn wir uns aus der Entwicklung heraushalten. Ab und an sind wir so flexibel und greifen korrigierend ein, um solche Katastrophen, wie von den Bonizen verursacht, zu verhindern."

„Ich meine, dass wir als Menschheit es eigentlich nicht verdient haben, gerettet zu werden, aber du hast es uns trotzdem ermöglicht. Dafür sind wir dir sehr dankbar!"

„Ich habe nicht viel dazu beigetragen! Ihr wart es, die die Erde gerettet haben! Wenn es euch weiterhilft: Ich werde routinemäßig von Zeit zu Zeit vorbeischauen, um zu sehen, wie es euch Menschen so geht."

„Ja, dann kannst du doch auf einen Tee oder einen türkischen Kaffee vorbeischauen!"

„Barbaros, ich darf mich aber nicht zu erkennen geben! So sind die Regeln."

„Regeln sind dazu da, um gebrochen zu werden! Hätten wir uns an die Regeln gehalten, wären wir jetzt nicht hier und die Erde gäbe es auch nicht."

„Ich sag mal so, Barbaros, du hast einen irren Robbenbabyblick und wie würde Raif jetzt sagen? Wegen deiner Mutter könnte ich eventuell eine Ausnahme machen."

„Wegen meiner Mama?"

Ali Raif und Barbaros Ali waren ganz Ohr und staunten nicht wenig, als Nova ihnen noch ein kleines Geheimnis anvertraute. Nova erzählte ihnen, dass sie schon einmal auf der Erde gewesen war und daher die Mutter von Barbaros kannte. Die Kinnladen der beiden Cousins fielen auf den Boden. Von ihr hatte Nova auch gelernt wie man türkischen Tee und Kaffee kocht und kannte den Spruch, dass eine Tasse Kaffee vierzig Jahre erinnert werden müsse.

Man muss an dieser Stelle bemerken, dass Barbaros' Mutter immer als Sonderling galt und wegen ihrer komischen Äußerungen schon sehr oft für verrückt erklärt worden war.

„Eigentlich wollte ich es nicht sagen, aber jetzt ist es raus!"

„Du kanntest meine Mutter?"

„Jepp!"

„Aber wieso haben wir dich nie gesehen?"

„Schon vergessen, ihr Spezialisten? Ich bin eine Formwandlerin! Ihr habt schon sehr oft vor mir gesessen und mir direkt ins Gesicht geguckt."

„Nee? Direkt vor dir?"

„Könnt ihr euch an das grüne Glas*6 vor eurem Schwarz-Weiß-Fernseher erinnern?"

„Jaaah, ja, das grüne Glas, das angeblich aus dem Schwarz-Weiß-Fernseher einen Farbfernseher machen konnte."

„Ja genau! Ich erinnere mich auch. Die Bilder hatten einfach nur einen grünlichen Ton. Voll bescheuert!"

„Jetzt sag nicht, dass du ...?!"

„Jepp!"

„Du warst das bescheuerte Schwarz-Weiß-in-Farbfernseh-Umwandel-Dings-Glas?"

„Jo. Höchstpersönlich!"

„Meine Mama, das gibt es nicht!"

„Ja, deine Mama. Meine Freundin. Sie war ein gutes Wesen. Wegen ihr beschlossen wir zu handeln, als wir erfuhren, dass die Bonizen zur Erde wollten."

Die *Plusquamperfekt* hielt und Greg, der neue Chefroboter, kam ins Mülldeck, um Meldung zu machen. Nova schaute den beiden ganz tief in die Augen.

„Jetzt bloß nicht weinen, Jungs!"

„Ich schwitze nur aus den Augen!"

„Also Raif Abi, ich weine!"

Sie umarmten Nova noch ein letztes Mal und sprangen in ihre Kapsel. Bevor die Einstiegsluke zuging, gab Barbaros

Greg, dem Roboter, noch vier Dosen und richtete den Bonizen schöne Grüße zum Abschied aus.

„Es liegt an euch! Entweder ihr lebt friedlich und glücklich miteinander oder ihr werdet euch selbst vernichten! Und denkt nicht, dass ein Einzelner die Welt nicht ändern könnte. Wenn ihr ein Teil dieser Welt seid und ihr euch ändert, verändert ihr auch die Welt, in der ihr lebt. Entweder zum Guten oder zum Schlechten. Gebt niemals auf! Macht die Welt zu einem besseren Ort, Stück für Stück, Tag für Tag!"

Nova schloss die Luke der NAZAR-II und ging, begleitet vom Roboter, zum Kontrollzentrum. Das Tor des Mülldecks öffnete sich und der ganze Müll, samt der NAZAR-II, wurde ins All gesogen. Die *Plusquamperfekt* kreiste ein letztes Mal um die NAZAR-II und die beiden Cousins sahen von draußen in das Kontrollzentrum der *Plusquamperfekt*. Sie meinten noch gesehen zu haben, wie Greg, der Chefroboter, die mitgegebenen Dosen öffnete und auf die NAZAR-II zeigte, woraufhin der „ausgeliehene" Gedankenleser in Barbaros Alis Tasche rot glühte.

Ein Riss in der Raum-Zeit öffnete sich und die *Plusquamperfekt* drang in ihn ein. Als sie vollständig in dem Riss war, schloss dieser sich und die *Plusquamperfekt* war Geschichte. Im nächsten Augenblick meldete sich die Bordelektronik der NAZAR-II wieder. Alles fing wieder zu blinken an. Eine krächzende Nachricht kam über die Lautsprecher.

„Hier ist das Kontrollzentrum, bitte melden!"

„Nova?"

„Hallo NAZAR-II, bitte melden! ... Hallo NAZAR-II, bitte melden, hier ist das Kontrollzentrum! ... Jungs! Könnt ihr mich hören, ich bin es, euer Atakan Abi?"

„Atakan Abi?"

„Ja, Jungs, ich bin es, euer Atakan Abi! Geht es euch gut?"

„Ja, uns geht es gut. Wollt ihr uns immer noch in die Luft sprengen?"

„Kommt drauf an!"

„Worauf?"

„Wir holen euch wieder auf die Erde zurück, aber die Öffentlichkeit wird von euch nie erfahren!"

„Da bitten wir auch drum!"

„Wir werden so tun, als ob die richtigen Turkonauten geflogen wären!"

„Ich schalte mal die Tonübertragung ab, damit ich mich mit meinem Cousin beraten kann."

Die Tonübertragung wurde unterbrochen und die Crew im Kontrollzentrum beobachtete die beiden unfreiwilligen Piloten, wie sie sich ein paar Notizen machten. Barbaros Ali und Ali Raif gaben sich die Hand und es sah aus, als ob sie gerade ein Geschäft abgeschlossen hätten. Barbaros Ali beugte sich zum Monitor.

„Atakan Abi!"

„Ja?"

„Wir haben noch eine Bedingung!"

„Was denn für eine Bedingung?"

„Wir haben es aufgeschrieben. Ich halte es mal in die Kamera."

Atakan Gögebakan las auf dem Monitor die Bedingung. Er überlegte kurz und stimmte zu.

„Ist in Ordnung. Ihr müsst aber dichthalten!"

„Das werden wir! Wir verlassen uns auf dein Wort, Atakan Abi!"

„Das könnt ihr!"

Kapitel 18, Operation *Landung und Vertuschung*

Der automatische Rückflug der NAZAR-II wurde von der Bodenstation eingeleitet und die Kapsel ging in den Sinkflug. Ali Raif und Barbaros Ali genossen ein letztes Mal die Aussicht auf die Erde und den Mond, bevor die NAZAR-II in die Erdatmosphäre eintauchte. Durch die Reibungshitze wurde die NAZAR-II in ein gleißendes Licht eingehüllt und der Funkkontakt brach für wenige Minuten ab.

Die Radargeräte des Kontrollzentrums erfassten die NAZAR-II. Sie näherte sich der Erdoberfläche und würde in wenigen Minuten auf dem riesigen Salzsee in der Nähe von Konya landen. Ali Raif und Barbaros Ali ließen das Rumpeln und Knarren während der Landung professionell und mit stoischer Ruhe über sich ergehen, bis sich die Landeschirme, die zum Glück von den Bonizen richtig gefaltet worden waren, öffneten und sie mehr oder minder sanft auf der geliebten Erde aufschlugen.

Die Bergeeinheit der TUHUD war eine knappe Viertelstunde nach der Landung am Landeort und baute einen Sichtschutz auf. In dem TUHUD-Lkw versteckten sich die eigentlichen Turkonauten, Hakan Boncuk und Avni Degmesin. Ali Raif und sein Cousin stiegen unbemerkt von der Weltöffentlichkeit aus der Kapsel. Barbaros Ali schlürfte noch die letzten Tubendöner aus. Aus dem Lkw stiegen hinter dem Sichtschutz die beiden Turkonauten aus. Die beiden „Teams" begegneten sich auf halbem Weg.

„Was geht ab, Jungs?"

Begeisterung war etwas anderes. Die beiden Turkonauten konnten ihre Enttäuschung über den erneut verpassten Flug ins All und die Verärgerung über die beiden unfreiwilligen Piloten nicht verbergen. Das Gedankenlesegerät fing an zu glühen.

„Jungs, nehmt es nicht so tragisch. Ich würde ja gerne sagen, dass ihr nichts verpasst habt, aber das wäre gelogen!"

„Barbaros, lass sie in Ruhe!"

Die Turkonauten wurden in die NAZAR-II gesetzt. Barbaros Ali und Ali Raif warteten im TUHUD-Lkw, als die Journalistenschar eintraf. Sie dokumentierten den Ausstieg aus der Kapsel und sahen, wie die beiden Turkonauten in den Quarantänetransporter geführt wurden und wie dieser abfuhr. Die NAZAR-II wurde am Transporthaken angedockt und auf die Laderampe eines anderen Lkw gehoben. Sie wurde zu Untersuchungszwecken in das Kontrollzentrum der TUHUD gebracht.

Barbaros Ali und Ali Raif wurden von den Journalisten unbemerkt mit einem Kleintransporter in das TUHUD-Zentrum gebracht, wo sie im Büro von Atakan Gögebakan erwartet wurden.

„So, Jungs, ich will nichts hören, wie und warum ihr jetzt hier vor mir sitzt. Ich will auch keine Entschuldigung haben. Hauptsache ihr haltet euch an unsere Abmachung!"

„Wie gesagt, Atakan Abi, wenn ihr nichts sagt, sagen wir auch nichts!"

Atakan Gögebakan schaltete den Fernseher ein, wo in wenigen Minuten die Pressekonferenz beginnen würde.

„So, ihr bleibt hier und ich gehe zur Pressekonferenz."

„Alles klar, Chef!"

„Auf dem Tisch liegt die Karte von Candle Light Döner, ihr könnt euch was bestellen, das geht auf mich!"

„Danke, Atakan Abi!"

Die Pressekonferenz im Pressezentrum der TUHUD begann. Im Saal waren von überall auf der Welt Journalisten versammelt. Auf der Bühne saßen die beiden Turkonauten, Hakan Boncuk und Avni Degmesin, sowie ihr Missionschef Atakan Gögebakan. Der Moderator eröffnete die Fragerunde. Alle wollten wissen, warum die NAZAR-II früher als geplant gestartet war.

„Das war ein wohlbedachter Test, den wir mit voller Absicht auch so, wie wir es im Vorfeld geplant hatten, durchgeführt haben ..."

„Was denn für ein Test?"

„Ja, ... äh, ... wir mussten die Nervenstärke unserer Turkonauten auf die Probe stellen. Daher haben wir eine möglichst realistische Notsituation nachgestellt."

„Warum wurden wir Presseleute nicht informiert?"

„Leider durften wir niemanden in dieses Vorhaben einweihen, damit die Realsituation nicht zunichtegemacht wird. Wie Sie wissen, hatten wir vor einem Jahr eine kleine Havarie mit unserem Raumschiff. Damit so etwas nie wieder vorkommt, haben wir uns gründlich vorbereitet und uns mit diesem Versuch noch ein letztes Mal absichern wollen."

„Journalistenkollegen berichten, dass der Flug nicht so geplant abgelaufen sei, wie sie hier gerade behaupten. Insbesondere seien die beiden Turkonauten im Kontrollzentrum gesehen worden!"

„Äh, das waren Schauspieler, die ihre Rollen sehr ernst nehmen. Wie gesagt, wir haben es so realistisch wie möglich aussehen lassen. Auch die Presse sollte glauben, dass wir in einer Notsituation sind."

„Können die Turkonauten etwas über ihre Reise erzählen?"

„Ja natürlich!"

„Hakan, sie sind der Kommandant der NAZAR-II. Wie haben sie diese Notsituation erlebt?"

„Zunächst möchte ich mich bei meinem Kopiloten Avni, der Crew am Boden und allen, die zum Gelingen dieser Mission beigetragen haben, bedanken. Ja, es stimmt, wir waren nicht eingeweiht, doch wir wurden trainiert, mit jeder Situation zurechtzukommen. Als die Rakete abhob, haben mein Kopilot und ich die Situation sofort erfasst und routinemäßig unseren Notfallplan ausgeführt."

„Gab es irgendwelche Schwierigkeiten während des Fluges?"

„Bei einem komplexen Gerät, wie es ein Raumschiff nun einmal ist, kann man Schwierigkeiten niemals ausschließen."

„Avni, sie sind der Kopilot. Welche Situation hat sie am meisten belastet?"

„Ja, auch ich möchte mich zunächst für das Vertrauen bedanken, dass mir mein Kommandant, der Missionschef und die Nation entgegengebracht haben. Die schwierigste und gefährlichste Situation, die simuliert wurde, war der völlige Verlust des Sauerstoffs in der Kapsel."

„Wie haben sie diese Situation denn meistern können?"

Atakan Gögebakan, der Missionschef, schob Avni, dem Kopiloten, einen Zettel zu. Der las ihn und gab ihn weiter an Hakan, seinen Kommandanten, der ihn dann vorlas.

„Zum Glück hatten wir für alle Fälle eine Notfallration Luft in Dosen von Barbaros Ali dabei!"

Im Presseraum blickten sich alle fragend an.

„Sie hatten was?"

Der Missionschef holte einige Dosen aus einer Tasche und platzierte sie werbewirksam vor den Turkonauten.

„Ja, diese Dosen hier. Sie hätten uns im Fall der Fälle das Leben gerettet. Was sie ja auch in dieser Simulation getan haben. Stimmt doch, Avni, oder nicht?"

„Ja, Hakan. Das Tolle ist, die gibt es in verschiedenen Duftrichtungen und sie sind hundertprozentig biologisch und kohlendioxidneutral. Pressluft von Barbaros Ali, demnächst auch in ihrer Nähe."

Kapitel 19, Seltsame Hobbys und ein unerwarteter Besuch

Barbaros Ali und Ali Raif standen vor der Firmenzentrale der HAY RAN MY RAN GmbH. Sie hatten eine Nachricht bekommen, dass sie sich noch einmal hier melden sollten.

„Weißt du, was die noch von uns wollen?"

„Ich glaube, sie wollen, dass ich mein Fahrrad wieder mitnehme."

Sie betraten die Lobby, wo Ismail Hayran auf die beiden Cousins wartete.

„Bruuuudas! Lasst euch umarmen. Wieso habt ihr mir nicht gesagt, dass ihr so einflussreiche Freunde habt? Also wirklich, ich muss schon sagen, ein wenig bin ich schon gekränkt, dass ihr diesen Scherz mit dem Rauswurf in den falschen Hals bekommen habt."

„Herr Haydar, Sie können uns jetzt wieder loslassen, wir kriegen ja keine Luft!"

„Ja, genau Luft, darüber wollte ich mit euch reden."

„Welche Luft?"

„Entschuldigt, Freunde, aber ich kann nicht anders, lasst euch noch mal küssen!"

„Herr Haydar, es reicht!"

„Okay, okay, kommt erst mal in mein Büro!"

„Sie sind ja richtig gesprächig geworden!?"

„Wieso so förmlich? Ich bin Ismail, ab jetzt euer Bruder Isi!"

Im Büro erklärte ihnen Ismail Isi Haydar, dass er beschlossen habe, sich aus dem aktiven Geschäftsleben zurückzuziehen. Ein, sagen wir mal, Investor hätte ihn davon überzeugt, sich nur noch um seinen Garten und seinen Angelsport zu kümmern.

„Sie, ich meine, du arbeitest gerne im Garten und gehst angeln? Das sind ja ganz neue Seiten an dir."

„Naja, noch habe ich keine Ahnung davon, aber eure Freunde meinten, dass mir gerade diese Hobbys sehr viel Spaß machen werden."

„Unsere Freunde?"

„Unsere gemeinsamen Freunde jetzt! Bitte erzählt ihnen, dass ich korrekt zu euch war, wenn ihr sie trefft!"

„Ich verstehe gar nichts mehr. Isi ist alles in Ordnung bei dir?"

„Ja, klar ist alles in Ordnung! Der Laden gehört ab jetzt euch. Wie ich hörte, wollt ihr die Ayran Produktion stückweise zurückfahren und mit den Dosen anfangen. Die Leute fragen ja wie wild danach ...! So, hier sind die Schlüssel und die Eigentumsurkunde."

„Äh, danke, Ismail!"

„Ja, danke, Isi!"

„Ich soll euch noch was sagen, und zwar sollt ihr zu Barbaros nach Hause kommen. Dort wartet jemand. So, ich bin dann mal weg!"

Ismail Haydar rannte so schnell wie möglich weg. Man hätte meinen können, dass er ein wenig eingeschüchtert war.

„Wer wartet da?"

„Keine Ahnung, ihr kennt ihn wohl."

Ali Raif und Barbaros Ali eilten nach Hause. Als sie in die Wohnung eintraten, sahen sie Semra. Sie war wieder da und brachte dem Besuch gerade Tee. Im Wohnzimmer spielte jemand mit den Kindern. Es war Atakan Gögebakan, der zu Besuch gekommen war und vorher Semra und die Kinder von ihren Eltern abgeholt hatte. Er hatte sie davon überzeugt, dass Barbaros Ali jetzt doch noch eine Arbeit hätte, und zwar sogar eine unbefristete und sie sich keine finanziellen Sorgen mehr für die Zukunft machen bräuchte.

„Atakan Abi! Was machst du denn hier?"

„Barbaros, ich bin hier um euch zu eurem Geschäft zu gratulieren."

„Was denn für ein Geschäft?"

„Ihr seid jetzt die Besitzer der R&B Luft GmbH ehemals Hay Ran My Ran GmbH!"

„Aber was ist mit Ismail Hayran?"

„Ach der, der hat erfahren, dass er noch einiges an Steuern nachzahlen muss. Das entspricht ungefähr dem Wert der Produktionsstätte und wir haben ihm einen Vorschlag gemacht, den er nicht ablehnen konnte. Ich halte mein Wort, werdet ihr eures halten?"

„Da brauchst du keine Zweifel zu haben, ich und mein Cousin Ali Raif werden schweigen wie ein Grab! Hauptsache ist, dass wir wegen der kleinen Sache beim Reinigen keine Schwierigkeiten bekommen"

„Was mein geschätzter Cousin sagen will, ist, dass wir wegen der kleinen Sache mit den Dosen beim Reinigen und der etwas größeren Sache mit dem ungewollten Start, keinen Ärger bekommen wollen."

„Das werdet ihr nicht. Die Öffentlichkeit konnten wir halbwegs überzeugen. Es existieren nur noch wilde Verschwörungstheorien. Ich habe vorsichtshalber das Überwachungsband der Kapsel, sagen wir mal, konfisziert. Wisst ihr, es existieren Aufnahmen, die über die Überwachungskameras von eurer Reinigungsaktion und der etwas größeren Sache mit dem Fehlstart gemacht wurden. Sie sind in meinem Privatbesitz und da werden sie auch für immer bleiben. Ich habe mir die Aufnahmen angesehen und ich denke, ihr solltet nie wieder auch nur in die Nähe einer Rakete oder ähnlichem kommen. Eure Berufung ist jetzt diese Firma, mit der ihr euren Weg gehen werdet."

Atakan Gögebakan zog nochmal kräftig an seinem Tee und zeigte auf den alten Röhrenfernseher, der neben Barbaros Ali auf einer Kommode stand.

„Hier den alten Schwarz-Weiß-Röhrenfernseher könnt ihr dann auch ersetzen. Ist das einer mit dieser extra grünen Scheibe davor? Das war ja schrecklich, wie wir damals Fernsehen geguckt haben."

„Den habe ich noch einmal aus dem Keller gekramt. Aus nostalgischen Gründen. Erinnert mich an meine Kindheit."

„Bevor ich gehe, wollte ich euch noch eine Sache fragen!"

„Was denn?"

„Unser Labor hat die Raumanzüge untersucht und sie haben Substanzen entdeckt, die wir uns nicht erklären können. Unter anderem enthielten die Gesäßpartien der Raumanzüge Spuren von Mondstaub ... Ihr wisst nicht zufällig, wie der dahin gekommen ist?"

Ali Raif und Barbaros Ali standen neben dem alten Schwarz-Weiss-Röhrenfernseher mit dem grünen Glas davor und lächelten für einen kurzen Augenblick. Atakan Gögebakan blickte in die verschmitzten Gesichter der beiden Cousins.

„Keine Ahnung, Atakan Abi!"

„Ich auch nicht!"

„Wisst ihr was? Ich will es gar nicht wissen ... !"

Ende

Glossar

*1 TUHUD: Türkische Weltraumorganisation - Türk Ulusal Havacılık ve Uzay Dairesi – Nationale Luft- und Weltraumbehörde der Türkei - eine Art NASA

*2 NAZAR bedeutet ins Türkische übersetzt Unglück.

*3 Hakan Boncuk's Nachnahme ist eine Anspielung auf einen Aberglauben. Es bedeutet Perle und in Verbindung mit Nazar bedeutet es Perle zum Schutz vor Unglück. Eine Art Talismann.

*4 Avni Değmesin's Nachnahme ist eine Anspielung auf einen Spruch im Türkischen. „Nazar değmesin" - So etwas wie *Hals- und Beinbruch.*

*5 Die grüne Wolke im All wurde tatsächlich bei einer der NASA-Missionen durch Astronauten beobachtet und auch gefilmt. Dieses Phänomen konnte man sich nicht erklären. Wir schon!

*6 Das grüne bzw. blaue Glas vor den Schwarz-Weiss-Röhrenfernsehern gab es wirklich. In den Siebzigern und Anfang der Achtziger wurden diese etwas dickeren Scheiben vor die Fernseher gestellt, um eine Art Farbfernsehen zu realisieren. Verrückt!

LESERKOMMENTARE – nur die

halbwegs positiven, damit das Buch nicht so dick wird wie
das New Yorker Telefonbuch ...

LK01:   Habe gerade Alis vs. Aliens durchgelesen. Lustig!
Hat mir wirklich gefallen!

JV

LK02:   Guten Morgen lieber Levent,

Gila hat mir Dein Buch zum Lesen ausgeborgt und ich
MUSS Dir einfach sagen, es ist herzerfrischend.Ich habe es
in einem Rutsch durchgelesen. Die beiden Alis sind wirklich
beeindruckende Persönlichkeiten und hervorragend
beschrieben. Ich konnte mir die beiden Chaoten so richtig
vorstellen.

Mach weiter so und viele liebe Grüße

Ute (Lit. Prisma)

LK03:   Sehr geehrter Herr Kesik,

nachdem ich vor ein paar Tagen ihr Buch zu Ende gelesen
habe, möchte ich mich bei ihnen herzlich bedanken. Das
Lesen hat mir Spaß gemacht – was sie für nette Ideen haben-
. Auch für die Erinnerungswidmung vielen Dank. Jetzt weiß
ich, dass auch ihr Heimatland den Mond im Jahr meiner
Hochzeit betreten hat.

Beste Grüße, bis wir uns mal wieder treffen,

DR

LK04:   Hi Levent,

vielen Dank für dein Buch. Zur Zeit können wir leider kein
Projekt dafür starten aber lesen werden wirs hoffentlich :)

Alles Gute dir und nochmals danke.

Rebell Commedy B.

LK05:   Hallo Levent,

seit Tagen will ich dir eigentlich schon schreiben - immer
wieder vergesse ich es. Jetzt lieg ich gerade flach, da steht
nichts anderes an: Also, ich habe dein Buch gelesen. Super.
Hat mir gefallen. Ist witzig und gut geschrieben ...

Liebe Grüße,

U.

LK06:   Spannende Geschichte, mit scharfsinnigem
Humor und bemerkenswert erfrischendem Erzählstil!
Empfehlenswert, insbesondere für Menschen die Zeitreisen
lieben und Science Fiction mal anders erleben möchten !!!

LK07:   Lustig und sehr gut zu lesen. Interessante Version
von Alien Kontakt. Das waren doch nicht die Amerikaner.
Ich wusste es. :-)